かもねぎ神主 禊ぎ帳

井川香四郎

角川文庫
18858

目次

第一話　花鎮め

一

行商人や職人、人足が牽《ひ》く荷車などが、ごった返している日本橋《にほんばし》に踏み込もうとしたが、押し寄せてくる人の壁に押し返された。

それどころか、胸を摑《つか》まれたり、肘《ひじ》で横腹を突かれたりして、一歩たりとも前に進むことができなかった。緩やかに湾曲している橋の上から、ドッと流れてくる人波に圧倒されて、

――これが生き馬の目を抜くという、大江戸のド真ん中か……。

と細面の若者は目を丸くした。

総髪で脇差《わきざし》を差し、羽織袴《はおりはかま》の道中姿であるが、一見して侍ではないことが分かる。只者《ただもの》ではなさそうな凜然《りんぜん》とした目つきだが、何処を見ているのか分からない茫洋《ぼうよう》とし

た感じもあり、なんとも捉《とら》えようのない風貌《ふうぼう》であった。

「どけ、どけい！」「邪魔だ、危ねえじゃねえか！」「怪我してえのか、こら！」

あちこちから飛んでくる忙《せわ》しい怒声に、若者は耳を塞《ふさ》ぎながら強引に押し進むでもなく、人の流れを上手《うま》く避《よ》けながら、橋の真ん中辺りまで来て、

「うおおッ！」

と周りの者たちが思わず飛び退《すさ》るほどの大声を上げた。

川の両岸には、黒屋根に白壁の土蔵が壁のように連なっており、俵物などを山のように積んだ川船が何十艘《そう》も往来している。石垣を重ねた船着場では、大勢の人足が船荷の積み下ろしに汗を流していた。

その情景の向こうには一石橋《いっこくばし》が見え、目を上げると、立派な松並木に囲まれた江戸城の櫓《やぐら》が眺められる。さらに遥《はる》か遠くの青空には、くっきりと冠雪を頂いた富士山が聳《そび》えているではないか。

「おおッ。さすがは江戸一番の繁華な町や。絶景かな、絶景かなア」

溜息《ためいき》混じりに役者のような声を発すると、側を通りかかった鳶風《とびふう》が、

「こんな所で立ち止まるな。危ないじゃねえか」

と声をかけた。そのまま行き過ぎようとするのを、若者は引き止めて、

「お尋ねするが、この辺りに姫子島《ひめこじま》神社というのは、ありませぬか」

「知るかよ。こちとら忙しいンだ」

鳶風は振り切るように立ち去った。

江戸の人は道も教えてくれぬのか、不親切だなあと思いながら、もう一度、櫓の遥か遠くに見える富士山を眺めていると、若者はなんだか気持ちまで浮き浮きしてきた。東海道《とうかいどう》から来る道中、何度も見上げた富士山だが、江戸から遠くに拝む雄姿はまた格別であると感じ入っていた。

しばらく情景を堪能《たんのう》してから、呉服問屋や薬種問屋、油問屋など大店《おおだな》が軒を連ねる日本橋の本町通りに戻ると、若者は通りを行く人々に声をかけた。

「すみません。姫子島神社は何処にあるか、ご存じありませぬか」

だが、返ってくるのは、先程の鳶風と同じで、知らないという声ばかりである。大店の店先で同じことを訊《き》いても、「さあ」と首を傾げられるだけであった。

——おかしいなあ……たしか、この辺りの筈《はず》なんだけどな……。

いかにも〝お上りさん〟という様子でうろついているところに、何処その商家の女《お》将《かみ》さん風が声をかけてきた。江戸に着いたばかりとはいえ、初めての親切に、若者は少し嬉《うれ》しくなって、土産だと言って饅頭《まんじゅう》を差し出したが、

「こんなものは江戸に幾らでもあるよ」

と突っ返された。そして、女将さん風もやはり首を傾げながら、

「姫子島神社……はて、そんな神社は聞いたことがないねえ」

「松平《まつだいら》様のお屋敷の側らしいのですが」

「そんな、松平様だって色々であるでしょうに。和泉守《いずみのかみ》、越中守《えっちゅうのかみ》、越前守《えちぜんのかみ》……徳川《とくがわ》御一門や譜代を数えたら、限りないよ」

「鎧《よろい》の渡しが近いとか」

「だったら、江戸橋《えどばし》よりもっと向こう、南茅場町《みなみかやばちょう》の方だね。橋番や木戸番があるから、そっちで尋ねてみなさいな」

「ありがとうございます……この饅頭、本当にいりませんか？　伊勢神宮《いせじんぐう》の有り難い饅頭なんです」

「なんだい。あんた、そういう商いかい」

「え？」

「近頃は多いからねえ。霊験あらたかな水だの酒だのってえ騙《かた》りが」

御免だよとばかりに急ぎ足で、女将風は立ち去ろうとして立ち止まり、

「ああ。そういや、薬師堂の近くに、なんかあったような気もするわねえ、古めかし

い神社が、ぽつんと」

「ええ。姫子島神社は日本武尊《やまとたけるのみこと》が東征に来た折、伊勢にて叔母の倭姫命《やまとひめのみこと》から賜った草薙剣《くさなぎのつるぎ》をこの地の水で洗ったことから、叔母を慕って後に、建てられたとか」

「あっそ。なんだか知らないけど、参る人なんていないんじゃないかしらねえ。でも、袖振《そでふ》り合うも多生の縁。何かあったら、訪ねて来なさいな。日本橋の呉服問屋『伊勢《いせ》屋《や》』といえば、すぐに分かるから」

　女将風はそれだけ言って立ち去った。

　とまれ、それらしき神社がありそうだということが分かっただけで、若者は足取りが軽くなった。しかし、綺麗《きれい》に区画されている江戸の町並みなのに、目的の神社は大きな武家屋敷や商家に阻まれるようになかなか現れない。

　松平和泉守の屋敷を過ぎて、鎧の渡しに差し掛かる手前に、木造の神明鳥居があった。

　それなりに立派ではあるが、長年の風雨に晒《さら》されていたせいか土埃《つちぼこり》で薄汚れており、その奥に続く境内も鬱蒼《うっそう》としていて、枯れた下草が絡み合うように広がっていた。

　梅の木が一本だけあって、ほんのり赤く小さな花びらが、申し訳なさそうに開いていた。墨絵の中にポツンと紅色が染められている如く、鮮やかであった。

「神社に梅は付き物……出迎えてくれて、ありがとう、ありがとう」

若者が思わず頭を下げると、かなり汚れて傷んでいる本殿の裏や床下から、野良猫が数匹のそのそと現れた。ここは自分たちの縄張りだとばかりに、若者を見上げて、ナーゴナーゴと威嚇するように鳴いた。中には、フーッと激しく息吹を吐いている黒猫もいる。

本殿といっても、切妻造りの一間社《いっけんしゃ》。正面の柱間《はしらま》が一間しかない、何処にでもある最もふつうの建物だ。一間といっても、六尺五寸あるから、武家屋敷や商家などで使われる一間よりは幅がある。

「あやや。こんなに寂れてるとは……前の宮司は一体、何をしてたのか……」

若者が神殿の前に立って、鈴の緒を引っ張ると、ぽろりと切れてしまった。ガラガラと鳴った鈴の音も嗄《しわが》れ声のように聞こえた。その音に野良猫たちは姿を消したが、黒猫だけが不気味に目を光らせて、梅の木の下からじっと睨《にら》んでいた。

柱も梁《はり》も桁《けた》も板壁も、すべてが朽ちているかのようにボロボロである。階《きざはし》を上って、本殿の中をちらりと覗《のぞ》いてみれば、外陣も内陣も祭壇も埃《ほこり》だらけで、蜘蛛《くも》の巣が張り巡らされていた。

「あやや……聞くと見るとは大違いとはこのことか……これでは、心の大らかな倭姫命でも、降りて来たくはありますまい」

深い溜息をついたとき、若者の背中から、ふいに声がかかった。

「逃げようたって、そうはいかねえぜ、神吉《かんきち》さんよ」

若者が振り返ると、いかにも無粋な地廻《じまわ》りらしき中年のならず者が、黒っぽい縦縞《たてじま》の羽織姿に懐手で立っていた。ふたりほど子分らしいのを連れている。ならず者はすぐに人違いと気づいて、

「——誰でえ……手っ甲脚絆《きゃはん》だから、てっきり神吉が逃げ出すのかと……」

と訝《いぶか》しげに見やった。

「私は今、江戸に着いたばかりです」

「こんな襤褸《ぼろ》神社を拝んだところで、何の御利益もねえぜ」

「神吉さんをご存じなのですか」

「なに？　おめえ、奴と知り合いか」

「父方の遠縁の者になります。もっとも会ったことはありませんが」

「親戚《しんせき》かい。どうりで後ろ姿が似てたはずだ……てことは、おめえか。今度、伊勢から来るってえ、新しい神主ってのは」

「はいそうですが、あなた方は？」

若者がはっきり答えたものだから、ならず者は舐《な》めるように見ながら、

「だったら話が早えや。俺はこの辺りをシマにしている〝般若《はんにゃ》の浜蔵《はまぞう》〟って、御用聞きだ」

と羽織の袖《そで》に隠していた十手を差し出した。鈍い鉛色だが、磨き込んでいるのかキラキラ光っている。

「ああ、岡っ引の親分さんでしたか。以後、宜《よろ》しくお願い申し上げます。でも、般若というのは女鬼ですからね。もしかして、親分さんは、男色ですか？」

「なめてんのか、てめえッ」

「そんな汚いことはできませんよ」

「おい。こら！」

「何を怒ってるのです？」

「てめえのような若造に、神主でございますって顔をされちゃ、こちとらどうもケツの穴が痒《かゆ》くならあ」

「その十手の先で掻《か》けばよろしいかと」

「黙って聞いてりゃ！」

袖を捲《まく》って気色ばんだ浜蔵に向かって、若者はニコリと笑って、

「冗談ですよ。私は、伊勢は皇大神宮《こうたい》……つまり内宮《ないくう》ですね。その大内人《おおうちんど》として仕えていた白川丹波《しらかわたんば》という者です。此度《このたび》は禰宜《ねぎ》として、この姫子島神社に参りました。ご覧のとおり、まだまだ若輩者ですので、ご指導ご鞭撻《べんたつ》のほど宜しくお願い致します」

丁寧に朗々と挨拶《あいさつ》をした丹波に、思わず浜蔵たちは後退《あとずさ》りして、

「葱《ねぎ》だか蕪《かぶ》だか知らねえが、前の神主が俺たちから借りた金、利子と合わせて百両と十二両二分。きっちり返して貰《もら》おうか」

「うわッ。親分さんは金貸しもやっているのですか」

「そっちが本業だ」

「ああ、二足の草鞋《わらじ》というやつですか。でも、百両を超える大金なんて、私が持っているわけがありません」

袖をぶらぶらと振ってみせて、丹波は話を変えた。

「ときに、地元の親分さんなら、氏子総代がどなたか、ご存じですよね。一度、お目にかかりたいのですが」

「知らねえよ」

「親分さん方も氏子さんでしょ？」

「どうでもいいから、金を返せってんだ」

「前の神主が本当に、そんな大金を借りたのなら、私がきちんと返しますが、そのためには、この神社をなんとかしなきゃなりませんねえ。うらぶれたままでは、神饌《しんせん》を供えることもできませんし、私が食べることもできませんから」

「俺たちには関わりねえよッ」

「般若の親分。般若とは仏教で、悟りとか智恵ということですよね。この国では、八《や》百万《およろず》の神様と仏様は仲良くしているのですから、そう悟って下さい。どうか、宜しくお願い致します。ささ、氏子らに挨拶をしたいので、呼んできて下さいまし。この神社が昔のように盛り上がらないと、親分さんへの借金も返すことができませんよ。さあさあ」

わざとなのか、生まれつきなのか、飄然《ひょうぜん》と振る舞う丹波の態度に、浜蔵は思わず頷《うなず》いてしまった。御用札を預かる立場でもある。借金を取り戻すには、我慢をしなければならないこともあろう。

「——なんだか調子が狂うが……まあ、呼んできてやろう。とにかく、金がなきゃ、鳥居だろうが狛犬《こまいぬ》だろうが取り上げるからな」

「罰当たりなことを。けど、親分さん。私が来たからには、きちんとこの地の守り神をお招きしますから、心配はいりませんよ」

何か確かな目論見《もくろみ》でもあるのか、丹波は実に楽しそうに笑った。

二

翌日、神社の〝社務所〟に来たのは、たったふたりの氏子であった。

ひとりは、どう見ても物乞《ものご》いにしか見えない爺《じい》さんで、もうひとりはまだ十六だという、目が可愛らしい町娘だった。派手な色の着物に金ぴかの簪《かんざし》を挿している。いずれも得体の知れない風貌《ふうぼう》だが、この〝神域〟に暮らす氏子であることは間違いなく、爺さんの方は総代を務めているという。

「たったふたりの氏子では、祭りもできませんねえ」

丹波はそう言いつつも、落胆したような表情ではなかった。

雑草がぼうぼうで、社殿も風雨に晒《さら》されて傾きかけているのだから、人々が近づきたがらないのは当然であろう。

この社務所も蜘蛛の巣と鼠の糞《ふん》だらけだったのを、一晩かけて丹波が取り除いて、掃き清めたのだ。かような神社を守《も》り立てるために〝派遣〟されたのであるから、丹波は却《かえ》って気合いが入ろうというものだった。

「お爺さん、お名前は？」

「貧乏神――と町の者は呼んでおる。本当の名は、幸之助《こうのすけ》というのじゃ。古希になってしまったけれど、生涯、金には縁がなかったなあ」

前歯が抜けていて、頬がくしゃくしゃしているが、笑った顔は人懐っこい。

「人生、まだ終わっていませんよ。それに、貧乏神も立派な神様です。貧乏神は福をもたらすという話は諸国にあるし、貧乏神を大切にしたから、金持ちになったという話もね」

「金にゃ、縁がなかったなあ」

「江戸には、貧乏神を祀《まつ》る神社もあるとか。あ、もしかして、焼き味噌《みそ》が好きですか？」

「たしかに、金には、縁がなかった……」

「大坂の船場《せんば》では、〝貧乏神送り〟というのがあって、商家の番頭さんらが、焼き味噌を持って町内の家を巡り、おびき出してしまうというんです。しかも、川に流すというんですがね、私は祀った方がいいと思いますよ。氏子総代のあなたを貧乏神と蔑《さげす》む人の方が、心が穢《けが》れているのです」

当然のように丹波は笑った。

「え、なんだって？」

と聞き返した幸之助に、丹波はもう一度、ゆっくりと同じことを言った。

「そんなことを言ってくれたのは、あんただけじゃ。うう……」

感情の起伏が激しい気質なのか、幸之助の瞼《まぶた》から俄《にわか》に涙が溢《あふ》れてきた。

「思い起こせば六十年前、日本橋の呉服問屋『伊勢屋』に奉公したのが、わずか十歳の春。小僧から、平手代、小頭役、年寄役、そして念願の支配人と登りつめたものの、浅間山の噴火に続いて、江戸の大洪水などに発する飢饉《ききん》の煽《あお》りを受けて、お店は潰《つぶ》れ、それからは、石が坂道を転げ落ちるように……」

「あれ？　昨日、日本橋の呉服問屋『伊勢屋』の女将さんらしき人に会ったけどなあ……」

「女房子供にも愛想を尽かされ、遠く上総《かずさ》の遠縁に行ったきりで、私は天涯孤独の身となり、ただただ神様にお縋《すが》り……」

丹波が止めようとすると、さっきから愛想良く笑っていた町娘が、

「耳が遠いんだよ、この爺さん」

「ああ、だから……」

話が少し嚙《か》み合わないのかと思った。幸之助にはぶつぶつ言わせておき、町娘の名

前を訊《き》くと、〝スセリ〟と名乗った。

「スセリ……これはまた面妖《めんよう》な……」

「面妖なとは失礼じゃございませんこと？　珍しいとでも言って下さいましな」

「だって、スセリとは、八岐大蛇《やまたのおろち》をやっつけた素戔嗚尊《すさのおのみこと》の娘で、大国主命《おおくにぬしのみこと》の妻となった、この世で最も美しい女神、須勢理毘売《すせりびめ》の名前だよ」

「だから、なに？　親に付けられたのだから、しょうがないでしょ。もっとも二親が誰か分からないけどね。捨て子だったのを、旅芸人一座の方が拾って育ててくれたんです。でも、私って、蛇を倒したスサノオとクシナダヒメの娘で、アマテラスの姪《めい》っ子になるってことね、うふふ」

嘘か真《まこと》か、スセリと名乗った娘は、すらすらと神様の名を出して、身の上話をしたので、丹波は戸惑った。

「縁起のいい名だが、二親が分からないってのは、本当の話かね」

「親なしじゃいけませんか？」

「誰もそんなことは……若いのに苦労しているのだなと思ったんだ」

「人の情けは無用です。旅芸人一座を離れてからはずっと、ひとりで生きて来ましたから」

「顔に似合わず、素直じゃないねえ」

「――顔……？」

「須勢理毘売もびっくりするくらいの美女だと思ってね」

「あ……あら……神主さん、冗談がお上手ですねえ」

「ああ、冗談だよ。でも、そんなに悪くない。可愛らしいと思うよ」

ポッと頬を赤らめたばかりのスセリが、俄に目を細めてジロリと見やり、

「あの神主さん……私、ただの氏子として来たのではなくてですね、巫女《みこ》を求めているからと町名士さんから聞いて、ならば私がと駆けつけて来たんですが」

とハッキリとした声で言った。

「巫女……」

「はい。此度《このたび》、新しい禰宜《ねぎ》という高い位の神官が、この姫子島神社に、お伊勢様から赴任していらっしゃるので、ぜひにお手伝いしたいと思いまして」

「なるほど。だから、神様に詳しいんだね。これは、ありがたい。須勢理毘売と同じ名の娘御に巫女を頼むのは、なんとも畏《おそ》れ入るが、丁度よかった」

あまりにもアッサリと丹波が決めるので、スセリの方は不安になって、

「そんなに簡単に決めちゃっていいんですか？　私の素性とか、技量とか、行事作法

の心得とかを……」

「あんたはいい娘だ。一目で分かる。嫌でなければ、巫女として働きなさい」

「…………」

凝視したまま、さらに目を細めるスセリを見て、丹波は首を傾げた。

「顔に虫でもついてるかい？」

「なんだか怪しいなあ、って……だって、茶店にだって、こんなにすぐ雇っちゃくれませんよ。神様にお仕えするのに、これじゃ騙《かた》りと同じじゃないですか」

「自分を卑下してるのかい？」

「いいえ、別に……」

「だったら騙りだなんて思わないことだね。おまえさんは女神と同じ名で、しかも、ここは天照大御神《あまてらすおおみかみ》とは、とっても縁の深い倭姫命を祀る神社だからね。きっと導かれたんだよ」

「……そんなふうに言われると、なんだか気色悪いよ」

よほど世間から酷《ひど》い仕打ちを受けてきたのか、人を信じることのできない野良猫のような態度のスセリである。丹波は哀れみをかけたわけではないが、神社に居させることで、少しでも心が変わればいいと感じていた。

「貧乏神と巫女が揃ったところで……」

幸之助が嗄《しわが》れ声を洩《も》らした。

「ええと……神主さん、間もなく〝花鎮《はなしず》め〟の時節ですが、ご覧のとおり、姫子島神社には神主がおらぬから、ここ数年、何もしなかったんですわい」

「前の神主である神吉さんも？」

「何につけ、やる気のない人じゃったからのう」

「それは困ったものですな、〝花鎮め〟もやらないとは」

鎮《ちん》花《か》祭《さい》とも呼ばれる神事で、仏教で〝花祭《はなまつ》り〟という釈迦《しやか》の誕生日を祝う灌仏会《かんぶつえ》とは違う。〝花鎮め〟は春になって桜の花が散る頃に、神々に花を捧《ささ》げて、疫病や天災飢饉が広がらぬように鎮めて貰《もら》うための神事である。元々は、三輪山《みわやま》の大物主神《おおものぬしのかみ》の祭《さい》祀《し》に由来している祭りで、『神祇令《じんぎりよう》』に定められた儀式である。

「だったら、巫女神楽《かぐら》をやらなきゃね」

ぴょこんとスセリは腰を浮かせた。旅芸人一座では、歌舞伎や能楽などを真似た色々な踊りを学んだという。実に楽しそうに体を動かしながら、

「春日《かすが》神社で見たことがある。私、やってみたい」

「そう簡単にできるもんじゃないぞえ」

幸之助は眉《まゆ》を顰《ひそ》めたが、丹波は何でも受け入れるという穏やかな顔つきで、

「いいではないですか。見たところ、随分と器用そうだし、好きなようにやって貰いましょう。なに、私も多少のことなら出来ますよ。そもそも神事というのは、神様の前で踊ることから始まってますからなあ」

「なら、お任せするとして、巫女さんだって、ひとりじゃ、なんだか淋《さび》しいし、氏子に集まって貰わないと盛り上がらない」

「耳は聞こえるのですか?」

「はあ?」

「ま、私の就任挨拶《あいさつ》ですら、こんな様子ですからね。どれだけ集まるか分かりませんが、なんとか工夫するしかないでしょうな」

「工夫って、どうするの?」

スセリが聞き返すと、丹波は腕組みをしたまま唸《うな》るだけだった。

「頼りにならない神主だねえ、まったく。あたしなら……」

「あたしなら?」

丹波が身を乗り出して訊くと、スセリは掌《てのひら》を上に向けて差し出した。

「なんだい、それは」

「人に何かを教えて貰おうってのに、只《ただ》って法はないでしょ」

「しっかりしてるな。でも、おまえさんの言うことは正しい。幾ら欲しい」

「じゃ、遠慮なく一分《いちぶ》くらいは」

「随分と高いな。まあ、いいでしょう。巫女の手当として後で払うから、どうすればいいか話してみなさい」

「なんだよ、まったく……」

不満げに手を引っ込めたスセリは、何か言いかけたが呑《の》み込んで、

「いやいや、騙《だま》されないよ。まずは私が話をつけてくるから、手付金を頂戴《ちょうだい》な」

「手付金？」

「事を為《な》そうとすれば、色々とかかるでしょうよ。神様だって、只で御利益があるわけじゃない。お賽銭《さいせん》払わなきゃ、願いを聞いてくれないじゃないか」

「お賽銭は元々、〝散米《さんまい》〟といって、洗ったお米を供えるおひねりのことだからな。願いを聞いて貰うためのものじゃない。自分の罪の禊《みそ》ぎのためだと言う人もいるが、毎日、無事に暮らせることに感謝して、純粋な気持ちで拝むためだ」

「綺麗《きれい》事はいいよ。だって、お賽銭がなきゃ、神主様もおまんまの食い上げだもんね。着物だって履き物だって金がかかる。さあッ」

とスセリはまた手を出した。仕方がないという顔で、丹波は財布から一両ばかり金を出して、スセリに手渡した。

「わっ。こんな大金……！」

目を丸くして驚いたものの、すぐに懐に仕舞い込むと大切そうに叩《たた》いて、

「すぐに、いい話を持ってくるからね。待っててねッ」

と軽い足取りで立ち去った。

「大丈夫なんですかい？　見も知らぬ娘っこに、あっさりあんな大金を……」

まさに貧乏神のような、さもしい顔つきになって、幸之助はスセリを見送った。

「総代が知ってる娘じゃないのかい」

「初めて見ましたよ」

「ふむ……騙されたなら、まあ、私の見る目がなかったってことだ。諦《あきら》めるしかないな」

「前の神主は、酒に博打《ばくち》に女と三拍子揃ってましたが、今度はなんとも浮世離れしてますなあ。変なのが多いってことですかねえ、神様のお使いってのは」

がっかりしたように両肩を落とした幸之助は、目をしょぼしょぼさせて、情けないくらい縮こまってしまった。

「まあ、何とかなりますよ」

丹波は小さな溜息《ためいき》をついたが、目は笑っていた。

三

姫子島神社の前には、まっすぐ広い通りが伸びていて、石の辻灯籠《つじどうろう》などもあって、元はちゃんとした参道のようだった。

だが、日本橋の本町通りに比べれば、半分にも満たない幅である。通りに面している茶店や菓子屋、小間物屋などは何軒かは営んでいるようだが、暖簾《のれん》を外しているところか、闕所《けっしょ》にでもなったように表戸を閉めている店が多かった。

仕舞い込んだ一両小判を掌で確かめるように胸にあてがいながら、

「ばっかだねえ。まったく……あの神主、何を考えてるんだろう。一両もくれちゃったよ。あれじゃ、あたしなんかより、ずっと狡《ずる》い奴に容易にカモにされちまわあ……たしか、禰宜《ねぎ》っていってたから、まさに葱《ねぎ》を背負《しょ》った鴨……〝かもねぎ〟だわさ。あはは」

小馬鹿にしたように笑いながら歩いていると、

「また騙したのか」

　と路地から声がかかった。振り返ると、浜蔵がぶらぶら歩いて来る。

「こりゃ般若の親分……騙したなんて、人聞きの悪いことはよして下さいな」

「誰がカモだって？」

「いえ、私は何も言ってませんよ」

「隠すな、隠すな。おまえの掏摸《すり》や騙《かた》りを大目に見てやってるのを、忘れたわけではあるめえ。さ、懐の一両、出しな」

「お、親分……知ってたのかい。でも、そりゃないよ……これは春の祭りのために使うよう、新しい神主さんから預かっただけで」

「だから、寄越せってんだ。丹波とか言ったか、あいつからは神吉の借金を返して貰うことになってるんだからよ」

「そんな阿漕《あこぎ》な……」

「誰が阿漕だ、ええ？　少しくらい可愛いからって、いい気になってりゃ、小伝馬町《こでんまちょう》送りにしたっていいんだぜ。しかも女牢《おんなろう》ってなあ、虐《いじ》めが酷《ひど》くて、三日も経たないうちに下手すりゃ獄死だ。さあッ」

　と差し出した浜蔵の手を、ポンと横合いから十手が叩いた。

　オッと振り向くと、泰然と立っているのは、長めの黒羽織に小銀杏《こいちょう》に雪駄《せった》という町奉行所定町廻《じょうまちまわ》り同心――本当なら粋《いき》な八丁堀《はっちょうぼり》の旦那《だんな》らしい姿のはずだが、ずんぐりむっくりの冴《さ》えない中年男だった。

「その娘が言うとおり、阿漕が過ぎるぜ」

「坂下《さかした》の旦那……なに、ちょいと説教してただけですよ。年端もいかねぇ町娘が一両小判なんて持っていたら、何処かで盗んだと誤解されやすでしょ。ええ、あっしら町人は生涯、手にすることはねぇ者もいるんですから」

　小判は商売上、使われることがあるが、長屋住まいの〝八っつぁん熊さん〟の類《たぐい》にはまさに縁がなかった。

「そこまで気遣いするなら、俺が預かってやってもいいぜ。この坂下善太郎《ぜんたろう》、南町同心の名にかけて、アッ守ってやらあ」

　芝居がかって小判を求める坂下の欲惚《よくぼ》けした顔を見て、

「どっちもどっちだ。善太郎どころか悪太郎だね、まったく」

　スセリが相手にしないとばかりに、駆け去ろうとしたとき、姫子島神社参道から程近い南茅場町の大番屋の顔馴染《かおなじ》みの番人が、

「大変です、坂下様！」

と駆けつけてきた。

「今日はポカポカ陽気。つまらねえ喧嘩《けんか》なんざ、ほっとけ」

「そうじゃありません。牢抜けです」

「なに？」

「小伝馬町の牢屋敷から、昨夜《ゆうべ》、逃げ出した奴がいるとか」

「誰でえ、それは」

「大工の峰七《みねしち》といって、二年前に盗みで捕まった奴でして、へえ。本当なら島流しになるところ、運がよいのか悪いのか病に罹《かか》ったから、小石川《こいしかわ》養生所にしばらく預けられて後《のち》、大牢に閉じこめられたままです」

牢屋敷は二千七百坪ほどある広さで、三方は土手になっており、その内側は堀で取り囲まれている。塀の高さは七尺八寸（約二・四メートル）もあり、忍び返しもついている。塀を乗り越えて牢破りをするのは、まず無理であった。

しかし、重病になれば、「溜《ため》」という長屋に移され、牢医の診察を受けることができる。その隙を見て、逃げ出すことができないではない。また、牢屋敷は〝未決囚〟がほとんどのため、奉行所に戻って取り調べを受けたり、牢内の改番所《あらためばんしょ》などで詮議《せんぎ》を受けた際に、厠《かわや》に行く許しを得た隙に逃亡する輩《やから》もいた。まれに、牢役人に袖《そで》の下を渡して、手伝いをさせることもあった。

　峰七は病人でもなく、刑も確定していたので、たとえ模範囚であっても、何らかの作務の途中に逃げることは不可能に近かった。もちろん、牢屋見廻りの同心らに摑《つか》ませる金などはない。だが、昨日はちょっとした小火《ぼや》があり、〝切放《きりはなし》〟といって、一時的に囚人を牢屋敷から出したのだ。

　重罪の者は縄を掛けられ、もっこに乗せられて避難する。他の者も微罪の者以外は、数珠《じゅず》つなぎに縄に繫《つな》がれたまま、火除《ひよ》け地に連れて行かれるだけだ。

　しかし、そのとき、たまさか縄が解《ほど》けたか、軽い罪の者と間違われ、自由に逃がされたかして、峰七は逃げたまま帰らなかったのであろうと思われた。そのまま逃亡すれば、見つかったとたんに斬首《ざんしゅ》である。

　峰七の罪状が、ただの盗みだと知った坂下は鼻先で笑って、

「バカな奴だな。盗みはしたが、人殺しをしたわけじゃないんだから、大人しく帰れば、罪一等減じられるかもしれぬのにな」

「帰らなかったのは峰七だけだそうです。人相書もあちこちに出して、北町の方々にも探して貰《もら》っております。南町の旦那方にも、ぜひ頑張って戴《いただ》いて、一刻も早く捕まえて貰いたいと思いやす」

番人が手柄争いを煽《あお》るように言うと、坂下は目の色を変えて、

「牢屋奉行から金一封が出るに違いない。下っ引を大勢集めて草の根を分けてでも探すんだ。いいな、ぬかるなよ」

と、けしかけた。

「なんだか、さもしいねえ、旦那……」

呆《あき》れ顔で見やるスセリに、浜蔵は嫌味な笑みを浮かべて、

「おまえにゃ負けるよ。新しい神主に近づいたのも、どうせ金の匂いがしたからだろう。せいぜい上手《うま》い具合にたらし込んで、こっちにも廻すんだな」

一両のことなど、どうでもよくなったのか、

「御用だ御用だ、ああ忙しい」

番人に牢抜けした者の身元の詳細を聞きながら歩き出した。


番人によると、峰七の十歳も年下の妹というのが、実は目と鼻の先にある呉服問屋『伊勢屋』で奉公しているとのことであった。

『伊勢屋』と犬の糞《くそ》は江戸中にある——ほど珍しくもない屋号である。

とはいえ、日本橋本町通りの呉服問屋『伊勢屋』といえば、そんじょそこらの『伊

勢屋』とは違う。文字通り伊勢出身の呉服商であり、先代の主人・光右衛門《みつえもん》は己の才覚ひとつで、公儀御用達《ごようたし》商人にまで登りつめた苦労人だ。今は楽隠居暮らしを決め込んで、〝小言幸兵衛《こごとこうべえ》〟よろしく巷《ちまた》を歩き廻っては、頼まれもしない人助けをしている。ただのお節介な年寄りなのだが、幕府のお偉方にも顔が利くので、町内の人々は何となくヨイショと持ち上げていた。

商売は三人の息子に任せている。長男は本店を担い、次男と三男は暖簾《のれん》分けをして貰い、それぞれ神田《かんだ》、浅草に店を出している。呉服は神事や祭りに深く関わりがあり、欠かせないものであるから、人の出が多い土地で営んでいるのだ。

軒看板の金文字は圧倒されそうなほど輝いていて、藍染《あいぞ》めの暖簾も店の風格や重みが伝わるほど、長いものであった。その暖簾を、よいしょと押し分けて、坂下が入って行くと、

「なんだ、旦那ですか……」

と帳場から声をかけてきたのは、女将《おかみ》の和枝《かずえ》だった。昨日、通りで丹波に会って、神社の道を教えてやった、あの女将風である。

「相変わらず口が悪いなア、女将さん」

「旦那ですかと声をかけただけじゃありませんか」

「そりゃそうでしょ。商売をしてる所で十手持ちの旦那にうろちょろされては、いい気はしませんよ。お客様だって何事かと思いますしね。ま、用件は分かってますがね。峰七さんのことでしょ？　牢《ろう》破りだか何だか、知ったこっちゃありませんねえ」

「いかにも嫌な面《つら》を見た物言いだ」

「さすがは元は鉄火芸者。幾つになっても、トゲがあるなあ」

和枝は夢路《ゆめじ》という深川《ふかがわ》芸者だったが、今の主人・徳兵衛《とくべえ》が見初めて女房になった。江戸で屈指の大店《おおだな》の跡取りの妻には相応《ふさわ》しくないと、親類や周囲からは反対の声が多かったが、

「いいじゃねえか。女房は肝っ玉が太いくらいが丁度いいんだ」

と気持ちよく迎え入れたのは、当時の主人・光右衛門だった。真面目な息子が、身代狙いの芸者にたぶらかされたという風評が立ったが、光右衛門は散々、女遊びもしてきたから、

――いい女か悪い女か。

はっきりと分かると言い、判断したのだ。芸者として苦労をしてきたことも、光右衛門は承知していたのである。義父のお墨付きがあるせいか、今や徳兵衛はすっかり尻《しり》に敷かれていて、やっていることは、まるで番頭だった。

帳場に座ったまま和枝はデンと構えて、

「北町の旦那方《だんながた》にも話しましたがね、ここには逃げて来てませんよ。なんなら家探ししますか。遠慮なくどうぞ」

「俺が会いたいのは、妹のおみなだ」

坂下は和枝の前に腰を下ろすと、睨《にら》みつけるように言った。

「峰七を最初にとっ捕まえたのは俺だ。けどな、北町の奴らが月番だと抜かしやがったから、そっちへ手柄を譲ってやったのだ」

月番というのはそもそも探索の番ではなく、訴訟の受け付けや吟味をするお白洲《しらす》が開かれている奉行所であって、事件探索は南北双方が一緒にやっていた。もちろん、縄張りなどもない。しかし、捕らえると速やかに吟味をし、お奉行が裁決する方がよいので、おのずと月番の奉行所が扱うことが多くなる。

「さようでございますか。でも、おみななら、峰七が牢破りをしたと聞いて、熱を出して寝込んでしまいました」

「じゃ、いるんだな」

「うちには、いません。許嫁《いいなずけ》の所へ行ってます」

「許嫁……咎人《とがにん》の妹でも、嫁に貰おうって奇特な奴がおるのか」

「峰七さんが、あんなことをする前から心に決めてた人です。お互いにね。それに、佐渡吉《さどきち》さんは、兄が罪人になったからこそ、おみなのことは一生、自分が守ると誓ってくれてます。本当に心根のいい人です」

「佐渡吉ってのか、婿になる奴は……で、そいつは何処に住んでる」

「同じ日本橋の『常陸屋《ひたちや》』という油問屋のひとり息子です」

「ああ……『常陸屋』なら俺も知ってるが、あの店の跡取りかい。なるほど、『伊勢屋』の奉公人なら間違いないってわけか」

「そういう算盤《そろばん》ずくではないと思いますよ」

「信じられねえな」

「旦那は本気で女に惚《ほ》れたことなんざ、ないでしょうがね。立場や境遇なんて二の次じゃありませんか？」

「訊《き》くが、そもそも、どうして、おみながこの店で奉公することになったんだ」

「峰七さんが、うちの出入りの大工だったんですよ。主人とも長年の付き合いですからね。花嫁修業ってことで大奥に出してもいいくらいの別嬪《べっぴん》なんだけど、どうしても峰七さんの近くに住んでいたいってね」

「ふうん。兄思いなんだな」

「妹思いなんです、峰七さんの方が」

「なら尚更《なおさら》、捕まるわけにはいかないってとこか。花嫁姿も見たいだろうしよ。邪魔したな」

すぐに立ち上がって店を出て行こうとする坂下を、和枝は呼び止めた。

「八丁堀の旦那……おみなって娘はね、元々、心が繊細な上に、兄があんなことになって、気を病んでるんです。あまり酷《ひど》いことを言って責めないで下さいよ」

「さあな。おみなの出方次第ってとこだ。牢破りが盗みよりも重い罪だってことは、誰でも知ってることだろうからな」

坂下がバサッと羽織の音を立てて立ち去るのを、和枝は心配そうに見ていると、奥から出てきた光右衛門が声をかけた。髷《まげ》や鬢《びん》はすっかり白くなっているが、艶々《つやつや》した肌、なかなか立派な体軀《たいく》をしており、とても古希には見えないハツラツとした姿であった。

「厄介なことになりましたな」

「あ……お義父《とう》様。またぞろ、余計なことに首を突っ込む気ですね」

「余計なこととは、これしたり。うちの奉公人のことではありませぬか。そもそも、私はね、和枝さん……あの峰七が盗みを働いたなんて思っていませんよ」

「分かっています。だから、何度もお奉行所に、お調べ直しの嘆願書を出していたんですものね。でも、証拠があることですし、お奉行所が間違えるとは思えません。おみなには可哀想ですが」

「そうかねえ……ちょいと出かけてくるよ」

「お義父さん。いけませんよ、本当に厄介事に巻き込まれますから」

「私よりも、徳兵衛を見張ってた方がよろしいですぞ。おまえさんといると気が詰まるからって、どこぞに女を囲っている……かもしれませんからな」

光右衛門がにっこり笑って表に出ると、その話が適当な嘘だとは分かっていても、和枝の胸中は穏やかではなかった。

四

わずか一町ばかり離れた『常陸屋』に、おみなを訪ねてきた坂下は、いきなりイカツイ形相で睨みつけて、

「隠すと為にならぬぞ。いいか、よく聞け。牢破りは島抜けも同じで死罪だ。峰七が訪ねて来たであろう。正直に申せ」

と有無を言わせぬとばかりに問い詰めた。

おみなはいかにも気が弱そうな娘で、子猫のようにぶるぶる肩を震わせている。その様子が、何か疚《やま》しいことを隠している証《あかし》だとばかりに、坂下はさらに強面《こわもて》になった。

「行方を知っておるな。どうなのだ」

「し、知りません……」

「ならば、何故、震えておる。峰七が小火《ぼや》で避難をした隙に逃げたのは、間もなく祝言を挙げる、おまえの花嫁姿を見たいがためではないのか」

「…………」

青白い細面のおみなは、幸薄《さち》そうに見える。元々そうなのか、峰七のことで気を病んでいるのか坂下には分からぬが、無言のままのおみなに苛立《いらだ》ちを感じ、

「どうなんだッ。峰七は何処なんだ！」

と強く訊いた。すると、おみなの隣に座っていた佐渡吉が、庇《かば》うように膝《ひざ》を進めて、丁寧に頭を下げた。まだ若く、一見、頼りなげに見えるが、数年前に亡くなった父親の跡を継いで、熟練の番頭のもとで厳しく仕事を叩《たた》き込まれたのか、意志の強そうな口調で、

「おまち下さい、坂下様。かように頭ごなしに言われても困ります。おみなは私の妻

と決めた女ですから、御用の話なら、私が承ります」

「盗人《ぬすっと》を庇うと、この店の評判も悪くなるのではないか？」

「私たちは盗人とは思っておりません。何かの間違いだと今でも信じております」

佐渡吉は毅然《きぜん》と言った。途端、坂下の目つきがさらに険しくなって、

「ほう……お上《かみ》の裁きが誤りだと」

「そうは申しませんが、峰七さんが盗みをするなんてことは、絶対にあり得ません。お金に困っていたわけではないし、被害に遭った両替商『大黒屋《だいこくや》』の番頭・茂兵衛《もへえ》さんが、見間違えたんでございましょう」

「番頭ともあろう人間が嘘をついたと？」

「見間違えたのではと申し上げたのです。同じ話は二年前、奉行所でも致しました」

「では、他に咎人《とがにん》がいるとでも？」

「そういうことです」

じっと凝視する佐渡吉の目を、坂下は睨み返しながら鼻で笑い、

「峰七ってのは幸せ者だな。妹の亭主になる男にも、出入りしていた店の女将《おかみ》にも心から信頼されてるようだからな。だがな、魔が差すってことは誰にでも起こり得ることだ。俺はそんな輩《やから》を腐るほど見てきた。大概は普段、真面目で大人しくて、悪いこ

となど考えていない奴だ。だが、思いもよらぬところで、ふいに悪い気が湧き起こるんだよ」

「峰七さんに限って、そんなことは……」

「それも誰もが言うことだ。金に困ってなくても、日の前の大金を思わず懐にする奴もいるし、凶悪な奴じゃなくても、何かがキッカケで、手をつけられないくらい刃物で大暴れすることもある」

「…………」

「それは人が弱いものだからだ。峰七ってやろうも、表面と違って、心の何処かに人には言えない脆《もろ》さがあったんだ。たとえ罪の念がなくても、盗んだという行いに対しては、償わなきゃならねんだよ。牢破りは、その償いをやめたようなものだ。言い訳はできぬ」

屁理屈《へりくつ》を捏《こ》ねる坂下を、佐渡吉は憎々しげに見ていたが、強く言い返すことはしなかった。言葉尻《じり》を捉《とら》えられて、余計に酷い目に遭わされる気がしたからだ。ただ深い溜息《ためいき》をついた。

そのとき、血相を変えた浜蔵が、店の中に飛び込んで来て、

「旦那《だんな》。ここにいやしたか……ちょいと耳に入れたいことが」

と耳打ちをした。とたん、坂下の顔つきもガラリと変わった。事件の臭いに嬉々《きき》とするのは、〟十手商売〟で染みついた癖なのであろうか。浜蔵から話を聞いた坂下は、

「へえ。そりゃ、えらいことになったたな」

と口元に微笑を浮かべて、佐渡吉とおみなを振り返り、

「久万五郎《くまごろう》という〟とっかえべえ〟が殺されたそうだ」

不用になった金物や釘《くぎ》などを貰《もら》い受けて、代わりに飴玉《あめだま》などを渡す行商だ。

「えっ……?」

佐渡吉は何を言い出すのかと、不安な顔になった。

「知っている奴かい」

「あ、いえ……」

「本所《ほんじょ》深川辺りを歩き廻《まわ》ってるらしいのだが、ブスリと心の臓を一突きにされて、仙台堀《せんだいぼり》に浮かんでたってよ」

「それが、何か……」

「本当は心当たりがあるだろう。そいつは『大黒屋』の番頭と一緒に……峰七が盗みをしたと、北町のお白洲《しらす》で証言をした奴だ」

「!……」

「どうやら、峰七はそれを逆恨みをして、そいつを殺《や》っちまったようだな」

「ま、まさか……そんな！」

驚愕《きょうがく》した佐渡吉の横で、衝撃を堪《こら》えきれないおみなは息を呑《の》み込んだものの、噎《むせ》ぶように涙が溢《あふ》れてきた。

「大丈夫だ、おみな。これこそ何かの間違いだ。峰七さんが、そんな恐ろしいことをするなんて、絶対にない。心配することはない。実の兄を信じられないなんて、辛《つら》すぎるじゃないか」

「――はい……」

「まあ。せいぜい今のうちに泣いておきな。峰七が捕まって、三尺高い所へ晒《さら》されるときには涸《か》れ果ててるようにな」

嗚咽《おえつ》するおみなを横目で見ながら、坂下と浜蔵は店から出て行った。

その夕暮れ、おみなは姫子島神社に〝お百度〟を踏みに行った。

自分が住む町の氏神だということは前々から承知しており、何か事があるときに、〝お百度〟を踏んでいた。百度参りのことである。本来ならば、毎日欠かさず、百日かけて心願成就をするように祈るのだが、急を要するときには一日で済ませるために、平安《へいあん》時代の頃から、こうした風習が始まったという。

姫子島神社の鳥居を抜けて、拝殿に至る途中の石畳に、小さなお百度石がある。おみなは一参りする度に、お百度石の上に碁石を置いていた。廻《めぐ》った数を間違えないためである。

百度参りは、人に見られないようにすると効き目があるという。ゆえに、おみなはこの人気のない神社を選んでいた。

丁度、百回参ったとき、神殿の裏からガサガサと下草を踏むような音がして、神職の普段着である白衣《びゃくえ》に浅葱《あさぎ》色の袴《はかま》の男が姿を現した。にこにこと笑っている顔を見て、おみなは思わず後退《あとずさ》りした。

「恐がることはありません。この神社の新しい神主、白川丹波です」

「…………」

「熱心に拝んでおりましたが、氏子さんでしょうか」

「あ、はい……」

曖昧《あいまい》に答えただけで背中を向けようとしたおみなに、丹波は優しく声をかけた。

「せっかくですから、まだ鳥居を潜って帰らない方がいいですよ」

「え……」

「鳥居はなんで、鳥居というか、ご存じですか？」

「…………」

「この社とも縁が深い、天照大御神が天石窟《あまのいわや》に隠れたとき、八百万《やおよろず》の神々は、石窟の入り口で鶏を鳴かせて誘い出そうとしたんです。その鶏の止まり木が鳥居。それで、神様の住む清浄な所に、穢《けが》れたものが入ってくるのを拒む意味になったんですがね、まだ神様に願いが届いていませんから、帰るのは勿体《もったい》ない」

「勿体ない……」

「ええ。せっかく拝んだのですから、その思い、私が神様に届けて差し上げますから、少しの間、お話を聞かせて下さい」

丹波の物言いに、おみなは訝《いぶか》しさを感じたのか、今にも逃げ出しそうだった。だが、丹波の方もそれを察して、もう一度、恐がることはないと伝えてから、

「こんなことを言うてはなんですが、この神殿の中は空っぽで、ふだん神様はおりません。いや、常に居てくれる神様もおります。ええ、神殿の中を空っぽにしているのは、神様が降りてくるのをお迎えする場所だからです」

「…………」

「ろくに掃除もしてませんでしたからねえ。まだまだ庭も草や塵芥《ごみ》の掃除が行き届い

ていないし、まだお迎えしてないんです。倭姫命は今、天におりますから、降りてきたときに、あなたの代わりに思いを伝えておきますから、どうぞお話し下さい」

「それは……」

「神様にしか話せない気持ちはよく承知しておりますよ。でも、私はこの神社に仕える身ですから、決して他言は致しません。倭姫命にだけ、お伝えします。そして、倭姫命でも力になれないことならば、八百万の神々にお報《しら》せして、力になってくれる神様に頼むんです。言っていること、分かりますか？」

不安を隠しきれないおみなだったが、丹波は人懐っこい顔で近づき、

「まあ、ここへお座りなさい」

と拝殿前の木階に腰掛けた。おみなは罰当たりなことではないかと戸惑ったが、

「ですから、今は神様は降りてきておりませんから、大丈夫ですよ、ささ」

そう言って横に座らせた。

「どうです。こっちから見ると、何となく神様がどんな風景を見ているか、分かるような気がしますでしょ」

「え、ええ……」

気のない返事だが、おみなは改めて、拝殿から境内の方を眺めると、いつもと違っ

た気分になった。

石畳の両側はちょっとした空き地となっており、神楽殿《かぐら》や手水舎《ちょうずや》がある。正面には鳥居、狛犬《こまいぬ》、御神橋が見えており、その向こうにまっすぐ伸びる参道には、同じ高さの軒の商家が並んでいる。長らく祭りもなかったから、おみなはこの参道の賑《にぎ》やかさを知らないが、改めて眺めると立派な神様が降りられる所に思えてきた。

「そうや。まさに神様が来臨する所だからこそ、あなたも〝お百度〟を踏んでいたのではないですか？」

「はい……」

「誰もがするように、絵馬にも願い事を書いてますな」

絵馬は元々は、権力者が寺社に実物の馬を奉納したことに由来するもので、その馬は〝神馬《しんめ》〟として、境内の廏《うまや》で大切に飼われたという。だが、庶民は馬を献上することなどできないから、板切れに馬の絵を画《か》いたものを贈るようになった。それに願い事を書くようになったのは江戸時代になってからのことである。

「氏神様は、氏子の幸せを祈って、出来る限りのことをします。そのために、私たち神職の者がいるのですから、どうぞ遠慮なくお話し下さいな。あなたが書いた絵馬によると、お兄さんのことで苦しんでいるようですね」

さりげなく水を向けた丹波の微笑みに安堵《あんど》したのか、おみなは小さく頷《うなず》いた。そして、峰七が『大黒屋』から盗みを働いて入牢《じゅろう》していたが、破獄したことを話した。もちろん、盗みについては無実であることを信じているとも語った。

「でも、牢破りの罪は重いし、その上……久万五郎という人を殺したのではないか、という疑いまで持たれました」

「殺し……」

さすがに丹波も気が重くなったが、まだ真相は分からないのだから、同心や岡っ引のような色眼鏡で見ることはしなかった。おみなは丹波の優しさに、心の緊張が解《ほど》けたのか涙目になって、今の身の上を語り、

「兄さんは、私より十歳も年上なので、親代わりでした。ええ、私たちには二親がいないんです。私が生まれてすぐ、亡くなりました……火事に巻き込まれたとかで」

「そんなことが……」

「ですから、この世でふたりきりの肉親。兄は子供の頃から、鋳掛けや〝とっかえべえ〟、豆腐売りや蜆《しじみ》売り、なんでもやって、私にはひもじい思いをさせませんでした。そして、出先の大工の棟梁《とうりょう》から、手に職を持てと言われて修業をしたそうです。生まれつき器用だったから、めきめき腕を上げました。そんな兄が、盗みなんかするはず

がありません。しかも、お世話になっている両替商なんかで」

「信じ切っているのですね……分かりました。私が何とかしましょう」

「？……なんとかしましょうって……」

「よく言うでしょ。捨てる神あれば拾う神あり……ちゃんと見てくれている神様も必ずいますから、ね」

励ますように微笑む丹波だが、おみなの不安はまだ拭《ぬぐ》えないでいた。

「ときに、おみなさん……呉服問屋の『伊勢屋』さんに奉公していると言ったね」

「はい……」

「幸之助さんという人が、番頭だったことは知ってますか」

「ええ。でも、今は……」

長屋の侘《わ》び住まいだと小さな声で言った。

「うん、それはいいんだ。幸之助さんといい、女将《おかみ》さんといい、あなたといい……江戸に来て早々、『伊勢屋』さんとはちょっと縁がありますなあ」

「でも、大旦那《おおだんな》様とはあまり関わらない方がいいかと思います。光右衛門さんというのですが、ちょっと変なお爺《じい》さんで」

おみなは何が可笑《おか》しいのか、ぷっと噴き出した。

初めて見せた穏やかな顔だった。

ふだんは、こんなに愛らしい娘なのだと、丹波は改めて思った。

五

小雨のぱらつく宵闇の中で、ピイピイと呼び子が響き渡っている。

犬の遠吠《とおぼ》えがあちこちで聞こえているのは、未《いま》だに牢破りした峰七が見つかっていないため、十手持ちが何人もうろついている証《あかし》だった。

狭い路地の天水桶《てんすいおけ》の陰から、頬被《ほおかむ》りをしている小柄な男が顔を出した。寸足らずのねずみ色の着物は、牢屋敷から抜け出した囚人であることを物語っていた。だが、羽織っている袢纏《はんてん》は、何処かに干してあったのを盗んできたのであろう。一見すると職人のようだが、明るい所ならば、怪しい身なりと誰もが思うに違いない。

「──峰七さんだね」

ふいに路地の奥から声がかかった。ギクリと首を竦《すく》めた頬被りの男は、ゆっくりと後ろを振り返った。

「………」

「やっぱり、そうなんだね。みんな心配しているよ。悪いようにはしないから、私についておいでなさい」

峰七と呼ばれた男はまさに濡《ぬ》れ鼠のように、目だけがギラギラとして、近づいてくる隠居風の男を凝視した。

「お、大旦那様……」

「花祭りの時節とはいえ、夜は冷える。さあ、こっちへ」

傘を差しかけたのは、『伊勢屋』の隠居、光右衛門であった。店に出入りしていた大工だから、よく知っている。いや、顔見知りどころか、峰七の妹のおみなを奉公させてやり、此度《このたび》は嫁にまで出してやろうとしているのは、光右衛門である。親代わりも同然の仲だった。

「済まないな、峰七……おまえの無実の罪を晴らそうと、私なりに頑張ったつもりだが、お奉行もなかなか分かってくれなくてな……まだその若さだ。二年の月日は、とてつもなく長かっただろうな」

「と、とんでもねえ……大旦那様のせいじゃありやせん……」

「それにしても、牢抜けはまずかった。その上、久万五郎って奴が殺された。こいつは、おまえさんが昔、〝とっかえべえ〟をしてた頃の仲間だし、盗みを証言したひとりだから、逆恨みをして殺したんだろうと、町方が探し廻《まわ》ってる。まずいことになったな」

「あっしは何も……」

峰七は必死に首を振った。

「分かってるよ。おまえさんは、そんな人間じゃない……ここにいてもナンだ。さ、一緒に来るがいい」

「でも、あっしなんかといたら、大旦那様までが酷《ひど》い目に……」

「余計な心配はしなさんな。ささ」

光右衛門が峰七の体を覆うように傘を差しかけながら、連れて来たのは他でもない、姫子島神社であった。

夜ともなると月もないから、ますます鬱蒼《うっそう》としていて不気味に感じられる。梟《ふくろう》の鳴き声や木立の間を飛ぶムササビの姿が、尚《なお》一層、異界にでも迷い込んだ気分にさせた。

鳥居や社殿が黒い影となって、峰七と光右衛門に覆い被《かぶ》さってきそうである。ぼんやりと灯《とも》っている社務所の蠟燭《ろうそく》あかりだけを頼りに近づいていくと、いきなり木戸が開いて、中から丹波が顔を出した。

「どなたですかな?」

「よくぞ、気配を察しましたな」

　光右衛門がすぐに返すと、丹波は特段に怪しむ様子もなく、

「玉砂利の音がしましたのでね。かような刻限に何用ですかとお尋ねしたいところですが、あなたが噂のオカシなご隠居ですね」

「なんですと？」

「そこにいるのは、峰七さん」

「これは面白い。新しい神主さんは、かように若いのに霊験あらたかな方なのですな」

　不思議そうに見やる光右衛門に、丹波は微笑み返して、

「おみなさんが話していたのです。私には、光右衛門さんには関わらないほうがよいと言いながらも、きっと光右衛門さんが峰七さんを助けて下さる。そう信じてたのでしょう」

「お、おみなが、ここに？」

　身を乗り出して声をかけたのは、峰七の方だった。丹波は素直に頷いて、

「お兄さんの無実も信じております。今、町方に捕まれば、牢《ろう》屋敷に連れ戻されて、きつい裁きが下るだけです。しばらく、ここで隠れていればよろしいかと」

「なんと、なんと……！」

今度は、光右衛門が感嘆の声を発した。

「まさに拾う神じゃないかね。この姫子島神社はこれまで、ろくに人の役に立たなかったが、少しは頼りになりそうですな」

「光右衛門さんは、端《はな》から、ここなら町方も探すまいと踏んだのでしょう。それに、もし探しに来たとしても、寺社奉行支配の寺社地には、踏み込むことができないと」

「まさに……」

光右衛門は微笑み返した。

「私は伊勢から来ましたので、『伊勢屋』さんとも縁があるのでしょうなあ」

丹波が「なあ」という語尾を少し伸ばすように下げると、光右衛門もニコリと、

「――なあ……まさに伊勢訛《なま》りですな。〝おたえ〟の子供の頃を思い出しますわい。深い杉木立に松林、参道には桜並木、そして秋には目に鮮やかな紅葉があちこちに……緩やかな山の端にかかるお天道《てんとう》様はいつも眩《まぶ》しくて、五十鈴《いすず》川の清流が燦《きら》めいてた……ほんに懐かしいなあ」

伊勢では、男も女も自分のことを、〝おたえ〟という。一瞬、追われる身であることを忘れるくらい、峰七もふたりの邂逅《かいこう》を羨《うらや》ましそうに眺めていたが、

「俺が世話になった棟梁《とうりょう》は、宮大工でね。いつかはお伊勢さんの本殿造りに関わりたいと願ってたんです」

　と言うと、光右衛門が続けて、

「そういや、去年は式年遷宮でしたな、二十年に一度の」

「はい。その神事を終えてすぐに、こちらへの赴任が決まったんです……まあまあ、その話は中で……明日になれば、天照大御神が来て下さって晴れるに違いありますまい」

　丹波はふたりを招き入れて、食事や酒、甘味や茶などを振る舞って、遷宮の話をして聞かせた。

「遷宮の折は、さぞや大変だったのでしょうなあ。私も子供の頃と江戸へ出て来る前に、遷宮がありました。もちろん見たことはありませんが」

　光右衛門が訊《き》くと、丹波は小さく頷《うなず》いて、

「私にとっても初めてでした。外宮《げくう》遷御では、神官として川原大祓《かわらおおはらい》の儀式のお手伝いをしました」

　正宮の前の御池の畔《ほとり》に、赤と黒の漆塗りの辛櫃《からひつ》が並べられ、祭主、神宮人宮司、少宮司ら神職が装束を身にまとって、大麻《おおぬさ》と御塩で清められる。

その後、〝神域〟の蠟燭あかりはすべて消され、闇の中で遷御の儀が執り行われる。神職が「鶏鳴の三声」を発して時を告げ、神様を正殿からお導きし、お出ましになるのを待つ。百数十人の神職によって、御神体を純白の〝絹垣《きんがい》〟で囲うと、松明《たいまつ》のあかりだけで新殿に遷《うつ》すのである。その間、篳篥《ひちりき》や琴などの雅楽が奏され、雅《みやび》でありながら厳かな時が流れるのだ。

「神様はそこにいらっしゃる。肌でそう感じました……この神社の倭姫命が、天照大御神を伊勢に導いたのはご存じだと思いますが、その時から、ずっといらして下さる……本当に有り難いことです」

「まさに神気《しんき》を感じるのですなあ」

「誰でも感じることができますよ。心を素直にして信心さえしていれば……あ、それから、式年遷宮というのは別に伊勢神宮などの大きな神社だけではなくて、古来、どのような小さな神社でもしていたのです。そのためには、氏子の力添えが要るんです」

「先立つものは金、ですな」

商人らしい顔になって、光右衛門は苦笑したが、丹波は屈託のない言いぐさで、

「もちろん、沢山、奉納して下さるとありがたいです。本当なら、氏子は日本橋の商

人が多いはずだから、賽銭箱《さいせん》もザクザクになるはずなんですがねえ」

「御利益がなさゃ、誰も来ないよ。世知辛い世の中になったものだが、弱い立場の者や貧しい人々には、神様しか頼ることができないのです。あなたが来たからには、この神社……いや町を、何とか立て直して貰《もら》いたいものですなあ」

また語尾が下がった。光右衛門は何か思惑でもあるのか、ニマニマしていたが、不思議と丹波は嫌な気がしなかった。

「〝おたえ〟の顔に何かついてますかな、神主様?」

「ええ、立派な神様がついておられます」

丹波は穏やかな表情の中にある、一癖も二癖もありそうな光右衛門の目の輝きを、じっと見つめていた。

六

どこでどう嗅《か》ぎつけてきたのか、坂下と浜蔵が姫子島神社を訪ねて来たのは、その翌日のことだった。

――蛇の道は蛇だ。

と坂下は言ったが、何人も岡っ引や下っ引を駆り出して、牢抜けした者を追っているのだ。誰かが感づいてもおかしくはない。今にも社務所に乗り込まん勢いで、坂下は迫った。

「正直に言った方が身のためだぜ、かも禰宜《ねぎ》さんよ」

「かもねぎ？」

丹波が首を傾げると、坂下は苦笑して、

「早速、町の者たちはそう噂してらあ」

「へえ。自分で流しているのではありませんかな？」

「いちいち癪《しゃく》に障る奴だな」

「旦那《だんな》方は、一体、誰をお探しで？」

「そう惚《とぼ》けてきたか。こっちは悠長に、おまえさんと遊んでる暇はないんだよ。おいッ」

本殿、拝殿、境内も隈《くま》無く探せと浜蔵に命じると、引き連れてきていた町方中間《ちゅうげん》や捕方たちにも、坂下は発破をかけた。丹波はすぐさまズイと歩み出て、

「坂下さん。あなたは何をしているのですかな」

「どけい、邪魔だ」

「おふざけも、この辺にしていただきましょうかね」

言葉つきはおっとりとしているが、その真剣な相貌《そうぼう》に、一瞬、怯《ひる》んだが、

「貴様……お上に逆らうのか」

「神様には逆らいません」

「からかっておるのか」

「そちらでしょう、神様をからかっているのは。神社境内はまさに神様が住んでいる所でございますよ。無理無体はいけませんよ」

「何が神様だ。どうせいるのは、貧乏神くらいのもんだ。さっさと金を返せ」

と横合いから浜蔵が声を荒げると、丹波は社務所から切り餅《もち》を二つ持って出て来た。

そして、浜蔵にぎゅっと握らせた。その意外な程の腕力の強さに、浜蔵は少し驚いて、

「な、何の真似でえ」

「このとおり、お返ししましたよ。借用証をお渡し下さい」

「ふざけるな。返済する金は、百両と十二両二分だと言ったはずだがな」

「借りた金は一十五両のはず。年利一割六分が御定法の決まりですから、三年で複利で計算しても、おつりがたんと来るはず。文句があるなら、お奉行へ訴え出なさい。ただし、寺社奉行へね」

「なんだと……」

「ここも、そうですよ。誰を探しているのか知りませんが、寺社奉行を通してから、どこなりと探して下さい。寺社地ですからね」

「上等だ、若造……」

坂下が眉《まゆ》をつり上げて、顔を突きつけると、

「この俺に逆らったからには、神主だろうが坊主だろうが、日本橋じゃ生きていけねえってことを教えてやる」

と凄《すご》んだとき、

「やめとけ、やめとけ」

参道から鳥居を抜けて近づいて来ていた、薄紫の羽織姿の侍が声をかけてきた。見るからに偉丈夫で、目つきや物腰、剣胼胝《けんだこ》などを目にすれば、なかなかの武芸者だと分かる。月代《さかやき》を綺麗《きれい》に剃《そ》って、こざっぱりとした顔立ちだが、丹波には役人かどうかは判別がつかなかった。すると、

「これは、八剣《やつるぎ》様……」

と坂下の方から低姿勢で、引き下がって、

「お勤めご苦労様です」

「そう思うなら、早々に立ち去れ」

「はい、しかし……」

「シカシもカカシもあるめえ。その若い禰宜殿が言うとおり、ここは寺社地だ。おまえたち町方が入れる所じゃあるめえよ」

風貌《ふうぼう》とはちぐはぐな伝法な口調に、丹波は戸惑いよりも頼もしさを感じた。八剣という侍は切れ長の目尻《めじり》をさらにキリッとさせて、

「牢《ろう》抜けしたバカな奴がいることは、俺も耳にしている。もし、ここに隠れているとしたら、俺が奉行所か牢屋敷まで、縛り付けて連れて行ってやらあ」

「八剣様にそこまで言われれば、町方としては一旦《いったん》、引き下がることに致しましょう。されど、万が一、匿《かくま》う手助けなんぞをすれば、いくら寺社役といえども、私も黙っているつもりはありませぬぞ」

坂下に八剣と呼ばれた侍は、寺社奉行配下の寺社役・八剣竜之介《りゅうのすけ》という役人であった。

寺社奉行は、町奉行や勘定奉行が旗本から選任されるのに対して、大名が担う職である。評定所という幕府の最高裁判機関の構成員でもあった。

寺社奉行は全国の寺社や寺社領地の人民、神官や僧侶《そうりょ》、楽人《がくにん》、さらには連歌師や陰《おん》

陽師《みょうじ》なども支配して、その探索や訴訟にあたった。その配下で公務を担う役人は、幕府の旗本や御家人ではなく、大名の家臣たちから任命される。

その中で、寺社役は大概、大検使も兼ねており、神官や僧侶の犯罪の捜査はもとより、寺社内での事件探索をするとともに、将軍の参詣《さんけい》や芝居興行なども担当し、与力や同心に相当する小検使を従えている。探索に関しては大きな権限を持っており、幕府旗本の五百石相当の身分であった。

それゆえ、坂下は謙《へりくだ》るように腰を折ったのである。だが、今回ばかりは、身分が上だから立てたのだぞと言わんばかりの目つきで、坂下は八剣を凝視していた。

「相変わらず鼻息が荒いな、坂下。俺がこれまで、何か不祥事でもやらかしたか？」

「いえ、それは……」

「俺とて公儀に仕える身に変わりあるまい。仲良く宮仕えをしようではないか」

余裕の笑みを洩《も》らした八剣に、坂下は一礼すると浜蔵や捕方たちに命じて、すぐさま鳥居から外へ出て行った。それを見送ってから、八剣は丹波を振り返り、

「悪い奴ではないのだがな、手柄のためには手段を選ばず、商家からは町の用心棒代だと袖《そで》の下を取っている」

「十分、悪いと思いますが」

「まあ、そう言うな。あれでも、町の掃除をしている方だ。本当の悪党どもは、坂下善太郎の名を聞けば、逃げ出すほどだからな」

「で、あなた様は、寺社方の与力様で……」

「挨拶《あいさつ》が後になった。寺社奉行・堀田伊勢守《ほったいせのかみ》配下、筆頭与力の八剣竜之介という者だ。新しい神主殿が来たならば、きちんと顔合わせをしておかねばと思ってな」

「これはご丁寧に。先代の神主が色々とご迷惑をおかけしたようで、申し訳ありません。以後、お見知りおきの程、よろしくお願い致します」

「堅苦しい挨拶は抜きだ。まずは御神酒《おみき》の相伴に与《あずか》りにきた」

ぐいっと飲む仕草をする八剣に、

――またぞろ、変な奴が現れたぞ……さては、寺社をあちこち巡っては、職権として酒を所望している手合いか。

と丹波は思ったが、その内心を見透かしたように、

「たかっているのではない。兄弟杯を交わさねば、話になるまい。俺は、〝かけまくも畏《かしこ》き、アマテラシマススメオオミカミ〟の弟神・素戔嗚尊《すさのおのみこと》の子孫らしい。悪さばかりをしていた八岐大蛇に、大酒を飲ませて退治したあのスサノオだ。俺のこの先祖伝来の刀は……」

チョンと鍔《つば》を叩《たた》いて、

「その時、大蛇の尾から出てきた霊剣、天叢雲剣《あまのむらくものつるぎ》……つまり草薙剣《くさなぎのつるぎ》だな。その破片から作られたものだとのことだ。退治した八頭の蛇からを取り出した剣ゆえ、姓は八剣、名は竜之介」

と名調子で話した。

真偽の程は分からないが、素戔嗚尊と並び称せられ武勇伝のある日本武尊は、この神社に祀《まつ》られる倭姫命の甥神《おいがみ》だから、親近感があるという。

「見事なくらい、自分勝手な思い込みには感心致しました。せいぜい八岐大蛇のように酔っぱらって、私に斬られぬよう心して、飲んで頂きましょう」

「かたじけない」

よほどの飲んべえなのであろう、ズズッと涎《よだれ》をすする音をさせて、勝手知ったる所とばかりに、社務所に入ってきた。白い大徳利に真っ赤な大杯を手にすると、手酌でぐいぐいとやり始めた。

「ほう……なかなかの風味にキレもコクもある酒じゃねえか……ひっく」

「あれ、もう酔っ払ったんですか」

「酒は大好きだが、少々、弱い……うむ。日射しもいいし、花鎮めには丁度よい頃合いだな……はあ、ちょいと寝る」

　と手枕をして横になった。

「これ。神社で、横臥《おうが》は罷《まか》りなりませぬぞ」

「堅苦しいことを言うなよ、社務所じゃねえか。いくら俺でも、本殿や神楽《かぐら》殿では寝ころんだりしねえよ、ふう……ところで」

　横になって目を閉じたまま、八剣は納戸に向かって声をかけた。

「そこに隠れてる峰七に話を聞きたい」

「……八剣さん、どうして、そのことを？」

　丹波が不思議そうに首を傾げると、

「『伊勢屋』の隠居・光右衛門からな……驚くことはない。奴とは仲間だ」

「仲間？」

「なんだ知らぬのか……ま、いいや。同じ氏子仲間だと心得てりゃいい」

「何ですか。気になるじゃありませんか」

「いいの、いいの。そのうち分からあ」

　思わせぶりに手を振って、八剣は納戸の扉に向かって語り続けた。

「二年前の盗みは、おまえがやったことじゃねえ。お白洲《しらす》に出された証拠ってのも曖《あい》味《まい》だが、本当にやった奴をとっ捕まえない限り、おまえの無実の罪は晴らせまい」

納戸の中から、小さな息吹が聞こえるが、丹波は何も言わずに見守っていた。八剣はムニャムニャと口の中で呪文《じゅもん》のように繰り返してから、

「もう少し飲もうかな……」

と起き上がって、また手酌であおった。

「はあ……うめえ……神様は毎朝、毎晩、こんな美味《うま》い酒を飲めて幸せだアな。姫神なのに、けっこうイケる口なのかな」

「………」

「ええと、なんだっけ。そうそう……でも、火事があって、おまえが逃げ出したのは、たまさかのことかもしれねえが、神様の采配《さいはい》ってやつかもしれねえぞ」

「どういうことです？」

丹波が膝《ひざ》を進めて聞き返した。

「殺された久万五郎っていったか……こいつを殺したのは峰七、おまえを牢屋敷に送った逆恨みでってことだが……俺が調べたところじゃ、両替商『大黒屋』の番頭、茂兵衛から久万五郎に大層な金が渡っていたらしい」

「あの『大黒屋』……峰七が押し込んだという？」

「押し込んでねえけどな。そうだろ、峰七……」

納戸の扉に向かって一声かけてから、八剣は続けた。

「表向きには久万五郎が、金を借りてたってことになっているが、実は茂兵衛から脅し取ってたんだな」

「脅し取ってた……なぜ番頭が、脅されなきゃならないのです」

「さあ……そこまで調べはついてねえ。だが、これは大きな収穫じゃねえか？」

「というと？」

「おまえさん、禰宜《ねぎ》って大層なご身分の神職のくせに、鈍いねえ」

「そうですかね。これでも先祖は神様なんですがねえ。素戔嗚尊のような凄《すご》い神様ではありませんがね」

「うるせえ。いいか、よく聞きなよ。なんらかの訳があって、久万五郎は茂兵衛を脅して、金を毟《むし》り取っていた。だが、それに耐えられなくなって、茂兵衛は久万五郎を殺したんだが……折よく、峰七が牢破《ろうやぶ》りをしたので、〝逆恨みをして殺した〟ことにしたんじゃねえかな」

「そんな……！」

声があって納戸から飛び出して来たのは、峰七であった。その顔を見るなり、八剣はぽつりと言った。

「なるほど。あまり人相はよくねえな。盗人《ぬすっと》や殺しの下手人に間違われても、仕方がねえ面構えをしてやがる」

思わず目を伏せた峰七に、丹波は気にするなと慰めたが、八剣は続けて、

「顔はともかく、状況が状況だから、ますますおまえの立場は悪いやな。ここは、ひとつ神様に出向いて貰《もら》って、本当のことを調べて貰いたい。なあ、神主さん。あんたは神様との繋《つな》ぎ役なんだから、何とかしてくれないか、ようよう」

からかうように八剣が言ったとき、表からスセリと貧乏神こと幸之助が入ってきた。

スセリは何故かぷんと頬を膨らませている。

「ちょいと旦那《だんな》。何もかもひとりで調べたようなこと言わないで下さいな」

「こりゃスセリ……我が娘よ……」

「誰がだよ。そりゃ、スセリは素戔嗚尊の娘ですけどね、もう遥《はる》か遠い昔のことで忘れましたねえ」

言い返すスセリを丹波は首を傾げながら、

「あなたたちは知り合いなのかね」

「だから、氏子だよ。あなたを助けるための大切な氏子さね。もっとも、前の神主は

なんともぬるかったけどねえ」

「どうも、よく分からんなあ」

何か文句を垂れそうな丹波に向かって、スセリはシッと指を立てて、

「神様は可哀想な人を救ってこそ、本当の神様じゃないか。私たちはその手助けをしているだけさね。そんでもって、悪い奴には、きちんと罪や穢《けが》れを清める大祓《おおはら》いをして、たんまりお給金を頂く」

「お給金を……？」

「あ、それは余計な話だけどね。素戔嗚尊だって、どうしようもないくらいの暴れん坊、〝荒ぶる神〟だったんだけど、禊《みそ》ぎの後は立派におなりでないかい。世の中、根っからの悪人ってのは、そうそういないと思うんだけど。ねえ、八剣の旦那」

「うむ。八岐大蛇だって元は神聖な山に住む神で、洪水などを起こすから、素戔嗚尊は鎮めに行っただけのことだ……あ、また喉《のど》が渇いちまった」

酒を飲もうとする八剣の杯を、横合いからスセリが取り上げて、

「駄目ですよ。これ以上、飲んだら、旦那の方が八岐大蛇になっちまいますからね」

八剣とスセリと幸之助――こんな氏子ばかりなのかと丹波はガッカリしたが、峰七を助けたいという思いは光右衛門と同じようだった。ふとみやると、峰七も救いを求

めるような目で見ている。

「分かってますよ……、その代わり、峰七さん。無実の罪が晴れた暁には、あんた大工なんだから、倭姫命が住みやすいように、本殿の建て直しをお願いできますかね」

「えっ……」

「実は、伊勢神宮の解体された本殿の木材は、諸国の神社に譲られるのですがね。うちにも頂戴《ちょうだい》できるよう、頼んできたのです。新しい門出として如何《いかが》でしょうかね」

丹波が語りかけると、峰七は黙ったまま、何度も何度も頭を下げていた。

七

神主の主な仕事は祈禱《きとう》である。だが、これは現世の御利益を頼むためのものではない。穢れを祓うことである。

穢れとは、「気」つまり「霊」が涸《か》れるということだ。神道では、自然によって生まれた清らかで若々しい生命力を最も重んじている。ゆえに、生命が枯渇する穢れが嫌われるのである。

古《いにしえ》の人々は、人の心が涸れたときに、色々な過ちをしてしまうと考えていた。それが過激になって、罪を犯すことにもなる。罪人《つみびと》となるのだ。しかし、この罪人は、法で裁かれる咎人《とがにん》とはまた違う。忌むことで済む罪のことだ。

とはいえ、人に害を及ぼした罪は、法によって裁かれねばならないが、その咎人とて、「気」が涸れたために、図らずも悪いことをしてしまった気の毒な人だと思われていた。そのために人々は穢れを近づけないように、明るく清らかに暮らすことを心がけていたのである。

穢れを清めることが、「祓い」である。穢れとは、

――神に自分の心を恥じる。

ことだ。だから、常に悪いことはしないと心がけて生きなければならない。

とはいえ、弱い心の人間は、つい過ちを犯す。その弱くなった心は穢れによるものだから、水などで体を清める「禊祓《みそぎはらえ》」によって、二度と過ちをしないと誓い、罪は許されるのだ。「禊祓」には、水行、滝行、水垢離《みずごり》、寒垢離《かんごり》、斎戒沐浴《さいかいもくよく》などがあるが、手水舎《ちょうずや》で手を洗い口をゆすぐのも、そのひとつである。

丁度、手水舎で決まったとおりに、手を洗って拝殿前に来た、ずんぐりむっくりの町人がいた。『大黒屋』の番頭・茂兵衛である。一緒に参拝に来たのは、光右衛門であった。

「なんですかな、ご隠居……こんなうらぶれた神社に参拝なんて……」

茂兵衛は不満げな顔を光右衛門に向けた。

「たしかに見栄えは悪いが、伊勢神宮と同じ神明鳥居だし、一間造とはいえ、神明造りそのもの。たいそう奥ゆかしいものだと思いますがな」

「——そうですかね」

「それなりに立派な神社なのに、寂れているのは、私たち氏子の心が穢れているからに他なりますまい。だから、建て直しも考えているのです」

「………」

「ついては、『大黒屋』さんにもお頼みできないかと思いましてな」

「お金のことですか」

「丁度、遷宮の年らしいですわ。なに、二万以上もある小さな神社でも、本来、その儀式はあるんですよ」

「かかる費用のことなら、出さんことはありませんが、主人に聞いて貰って下さい。私には判断できかねますから」

「そんなことはないでしょう。ご主人は今や寝たきりも同然。あなたが店を切り盛りしていることは、誰もが知っていることです。まずは、穢れを落として、それから、よく考えて下され。咎人に金を出して貰うのは、神様も嫌でしょうからな」

「!……どういう意味です」

茂兵衛は俄《にわか》に不愉快な顔になって、

「咎人とはどういうことです。たとえ、ご隠居でも聞き捨てなりませんぞ」

「まあ、そうしゃかりきにならなくても……私も含めて、人ちゅうものはなにがしか悪いことをしてるもんですわい。だからこそ、お祓いをして貰って、身を清めて貰う」

「なんで、私がそんなことを……」

「そういう気持ちが、もう穢れてるのと違いますかなあ」

カッとなりそうな茂兵衛の前に、光右衛門は顔を近づけて、

「鬼みたいな顔ですよ。鏡でも持って来ましょうか」

「バ、バカにしているのですか」

「氏神様に何で拝むか知ってますか?」

「………」

「祓いのひとつですがな。できれば毎日、忙しくても月々、決まった日にでも、神前で穢れた心や嫌な思い、犯した罪などを綺麗《きれい》サッパリと洗い流して、清らかな気持ち

で出直すためです」

「出直す……」

氏神は、産土神《うぶすながみ》や鎮守神《ちんじゅがみ》ともいうが、元々はその土地の血縁地縁の祖神《おやがみ》である。だが、江戸のような大きな町になれば、人の出入りが多く、長く定住することも少ない。だが、氏子となることによって、その土地の人々と等しく、氏神様から守られると考えられるようになった。

「私かて、元は伊勢から来た余所《よそ》者ですからなあ。でも、こうして長い間、ここで商いができたのは、姫子島神社のお陰だと改めて感じましてな。なんとか、盛り返したいと思うてますのや」

しみじみと言う光右衛門を、茂兵衛は訝《いぶか》しげな目で睨《にら》みつけ、

「――魂胆はなんです」

「魂胆……？」

「そんなに信心深いのなら、こんなに寂れるまで、あなたのようなお大尽が放っておくわけがない。この神社に何があるんです。金のなる木でも植えられてますのか」

「悲しくなることは言いなさんな。私は今までも、できる限りの喜捨はしたつもりです。もっとも代々の神官がアホで、特に先代があかんたれで、この体たらくですから

な。倭姫命も泣いてらっしゃるでしょう

「ま、そういうことなら、幾ばくかは出しますから、私はこれにて……」

そそくさと拝殿に尻《しり》を向けて立ち去ろうとすると、

「まま、そう慌てないで、今日くらいは商売のことは忘れて、新しく来た神主さんに禊祓をして貰《もら》いましょう。なにせ、〝お伊勢さん〟の禰宜《ねぎ》ですからな。大層、偉い神職さんですから、綺麗サッパリ気持ちよくなるでしょう」

「…………」

強引に留《とど》める光右衛門を、茂兵衛は頑《かたく》なに拒むことができず、小さく溜息《たゆいき》をついた。

その時、笙《しょう》や琴の音が起こり、太鼓と鉦《かね》が打ち鳴らされた。いつの間にか、神楽《かぐら》殿には、数人の雅楽を奏でる演者が居並び、寂しい夕暮れがたちまち豊かな雰囲気に包まれた。

光右衛門に招かれるままに、拝殿の中に入り、奥にある神殿に向かって、立礼をした。すると、烏《え》帽《ぼ》子《し》に純白の浄衣《じょうえ》姿の丹波が厳かに現れるや、

「――高天原《たかまのはら》に神留《かむづま》り坐《ま》す、皇《すめら》が親神漏岐《むつかむろき》、神漏美之命《かむろみのみこと》を以《も》ちて、天《あま》つ祝詞《のりと》の太祝詞《ふとのりと》事《ごと》を宣《の》れ。此《か》く宣らば、罪という罪、咎という咎は在らじ物をと、祓え給い清め給うと白《もう》す事の由を、諸々《もろもろ》の神達に、左男鹿《さおしか》の八つの耳を振り立てて、聞こし食《め》せと白

す」

と独特の節回しで詠じた。大祓祝詞《おおはらえ》を簡略化したものだが、すべての罪や咎を清めて下さいと多くの神々に祈ったものである。

丹波は紙垂《しで》をつけた祓い棒を、茂兵衛の頭の上で振り、魂鎮《たましずめ》をして清めた。そして、榊《さかき》の小枝に紙垂や木綿《ゆう》をつけた玉串《たまぐし》を渡された茂兵衛は、手順通りに捧《ささ》げて、〝二拝二拍手一礼〟を行った。深々と礼をして立ち去ろうとした茂兵衛に、

「神様には正直な気持ちをお話しできましたかな？」

と丹波が訊《き》いた。ふつうは神官が話しかけることはない。唐突な言葉に、茂兵衛はドキリとなった。

「氏神様となられた倭姫命は泣いておられますよ。嘘偽りで峰七さんを陥れ、その上、久万五郎殺しという罪まで重ねた」

「！……」

「御神木でも五十鈴川で洗い清められるように、あなたの心も綺麗にしたいのです。透き通るような清らかな心になって、自分が犯した罪を償えると神様も喜びましょう。いや、倭姫命はあなたとともに悲しんでくれるかもしれませんが、穢《けが》れをすべて洗い流せば……」

「黙れッ。何の座興だ！」

茂兵衛は思わず声を荒げた。奉納したばかりの玉串を振り払うようにして、逃げようとしたが、ぐっと光右衛門が押しとどめた。

「このまま逃げたら、あなたは無罪のまま一生、過ごせるかもしれない。でも、あなたの代わりに二年も牢屋敷《ろうやしき》にいた峰七は、どうなります。捕まれば、今度は死罪です。そして、どんな悪人だったか知らないが、久万五郎をも殺した罪も消えない」

「…………」

「あなたは、ふたりもの人を殺すことになるんですよ。それで、いいのですか」

「それは……」

惑うように首を振る茂兵衛を、丹波と光右衛門はじっと見つめていた。

神道の『鎮魂』には、ふたつの種類がある。

ひとつは、今、行ったような気持ちが荒れたときに魂を鎮めて落ち着かせようとするもの。すなわち、〝魂鎮〟であり、もうひとつは〝魂振り〟といって、元気のない人の魂を揺らして、心を動かすというものだ。

――バサ、バサッ。

今一度、お祓《けら》いを重ねた丹波は、穏やかな口調で続けた。

「……心だに誠の道にかないなば、祈らずとても神は守らん……」

菅原道真《すがわらのみちざね》が作ったとされる和歌である。正直な人間は、あれこれと目先のことを祈らなくても、八百万《やおよろず》の神々から加護されるということだ。

神様とは、もともと人よりも「上《かみ》」にいる偉いものと考えられていたから、獣でも鳥でも神様として祀《まつ》られることがある。住むところも深い山であったり、岩であったり、大きな樹木であったり、何処にでも人と寄り添うように存在している。霊力において強い神が、人を支配することは決してない。同じ霊を持つものとして、等しく暮らしていたのだ。

「ですがね、茂兵衛さん。自分に嘘偽りを言って誤魔化し、周りの人たちを騙《だま》していることは、どんな神様でもお見通しなんです」

「…………」

「それでも知らん顔をするか、正直になるかで、あなた自身が変われるのです。新たな朝日が毎日、出てくるように、人も毎日、生まれ変わるんですよ」

「…………」

「神様は善悪を判断しません。罰も与えません。ただ、あなたの良心を信じているだけなのですからね」

「私は……」

声を詰まらせた茂兵衛は、俯《うつむ》いたまま両肩をふるわせていた。その背中を、光右衛門がそっと触れると、茂兵衛は深々と神殿に向かって頭を下げ、

「――怖かったのです、私は……今の暮らしを壊されるのが……長い歳月をかけて築き上げてきた何もかもがなくなるのが……」

と嗚咽《おえつ》し、さめざめと泣いた。

八

寺社役の八剣に連れられて、寺社奉行・大窪伊予守《おおくぼいよのかみ》の屋敷に赴いた茂兵衛は、詮議《せんぎ》所にて謹んで、取次役にすべてを話した。

寺社奉行取次役とは、町奉行所の年番方与力に相当する役職で、訴訟事務を取り扱い、評定所との繋《つな》ぎ役でもある吟味物調役《ぎんみものしらべやく》と協議をしたり、奉行に上申する役目ゆえ、藩の用人など重職が任命されていた。

寺社内での犯罪については、寺社奉行で取り調べた上で、〝自前〟で処刑もしていた。が、牢《ろう》や処刑場は町奉行所支配の小伝馬町牢屋敷や鈴ヶ森《すずがもり》、小塚原《こづかっぱら》を使い、場合

によっては町奉行に引き渡す慣例があった。

「では、二年前、『大黒屋』から三十両もの金を盗んだのは、おぬしだったのだな」

険しい顔つきの取次役の檜垣頼母《ひがきたのも》が問いかけると、茂兵衛は平伏して、

「おっしゃるとおりでございます」

「何故、さようなことをした」

「両替商と言いましても、私どもは、大きな商家ではなく、出商いや職人らの元手を貸すくらいなので、返済が滞ることが多ございます。しかも、御定法の利子のままでは、こっちが損をする。ですから、久万五郎に頼んで、高利で金に困った者たちに貸し付けておりました」

「久万五郎は〝とっかえべえ〟ではないのか」

「町中を歩き廻《まわ》っている仕事ですので、何処の誰が困っていると、よく事情を知っていたのです。そこにつけ込んで……」

「なるほど。その資金を『大黒屋』が出していたということか」

「いえ、『大黒屋』がというよりは、私が主人に黙って、こっそりと……」

「つまりは裏金みたいなものだな。それが、主人にバレたのか」

「はい。体が悪いので、店の一切は私が任されていたものですから。でも、ある日、

主人が金の出入りのおかしさに気づき、私を責め立てました。私はとっさに嘘をつきました……実は店に出入りする誰かがくすねていたようだと。だが、証拠がなければ、番屋に届け出ることもできません。それを、久万五郎に相談したら……丁度いい奴がいると」

「それが、峰七なんだな」

「はい。峰七さんは、久万五郎とは昔馴染《むかしなじ》みで、たまに一緒に賭場《とば》に行くような仲でした。そこで借金をこさえて……その借金も、わざと久万五郎が仕組んだのだと思いますが、うちに借りに来るように勧めました」

「そのときに、出来心で盗んだ。そう見せかけるために、おまえは一芝居うったのだな」

「実際に、峰七には金を貸していましたから、お上は峰七がやったことと、信じてくれたのです……申し訳ございません」

改めて峰七に詫《わ》びたいと言う茂兵衛を、傍らから八剣はじっと見つめていたが、思わず声を挟んだ。

「では……久万五郎を殺したのは何故だ」

「言い訳に聞こえますが、私は殺しておりません。あ、いえ……死んだのは事実でございますが、あれは……」

茂兵衛はごくりと生唾《なまつば》を飲んで、鮮やかにそのときのことを思い出したのか、まるで目の前に久万五郎がいるかのように、憎々しい口ぶりで語った。

「あいつは、峰七さんが小伝馬町送りになってから、逆に私を脅すようになりました。嘘の証言をして、峰七さんを盗人《ぬすっと》に仕立てたことをネタに強請《ゆす》られていたのです」

「それでも、奉行所に正直に訴え出ることができなかったのか」

「怖かったのです……何もかもがバレるのが。そしたら、番頭としての私は多くのものを失ってしまうと……」

俯いたまま茂兵衛は、涙ながらに、

「ふるさとの母親は、奉公先の店で番頭になったと、それはそれは自慢してくれていて……雪深いところですから、いずれは江戸に連れて来たかったのですが、ふるさとから離れることはできないまま、苦労をかけてきました。なのに、私はとんでもないことを……」

八剣は小さく頷《うなず》いて、

「久万五郎に、執拗《しつよう》に脅され続けていたか」

「はい。あの夜は……峰七さんが牢抜けした夜です……もし、余計なことを喋《しゃべ》られたら元も子もないから、さっさと殺すか、牢に戻すため町方に知らせようと、久万五郎は躍起になっていました。でも、私は……」

「私は……？」

「牢に戻されたら、峰七は死罪になる。それは、あんまりだ。本当のことを話したいと言いました。奉行所に行ってもいいと……そしたら、久万五郎は匕首《あいくち》を取り出して……」

茂兵衛を殺すと言い出した。峰七が殺したことにして、すべてを闇に葬ると久万五郎は脅してきたのだ。

「でも、それでは私という金蔓《かねづる》がなくなる。そう言い返しましたが、どのみち潮時だったと、本気で匕首を突きつけてきたのです。怖くて無我夢中で押しやったら……」

久万五郎は転んで、落としそうになった匕首で自分の胸を刺してしまったのだという。だが、茂兵衛は怖くなって、その場から逃げ出した。

「久万五郎が言ったとおり、峰七のせいになってくれればいい。またぞろ、そういう思いが脳裏に浮かんで、素知らぬ顔をしておりました……申し訳ありませんでした」

「おまえの話が真実かどうか、改めて久万五郎の亡骸《なきがら》などを検分し、お奉行から沙汰《さた》があるゆえ、おとなしく待っているのだな。おまえは、やってはいけないことを二度

で泣いていた。

深々と頭を下げたまま、茂兵衛は己がしでかした愚かなことを、いつまでも悔やん

「――はい……」

もしてしまったのだ」

数日後――。

建て付けの悪い所だけを俄《にわか》に直した姫子島神社の本殿の前にて、おみなと佐渡吉の祝言が執り行われた。

古式ゆかしい神明造りだから、大きな庇《ひさし》を延ばした流造《ながれづくり》とは違って、〃式場〃を設けねばならない。神前に、神饌案、玉串《たまぐし》案などを置き、斎主や祭員ら神職、巫女《みこ》、楽人である伶人《れいじん》らが並び、新郎新婦に媒酌人以下、親族が並ぶ中で、司会役の典儀によって、つつがなく儀式は進んだ。

もちろん、新婦の親族側には、晴れて無罪となった峰七の姿もある。よく三三九度と呼ばれる〃三献の儀〃を行い、誓詞を読み、神主と新郎新婦、参列者により玉串を捧《ささ》げた。

この儀式は室町時代に、武家や豪農の間でできたもので、庶民は自分の家で行うの

が普通であった。家を守る神様に誓いを立てるものだったのだ。そして、色々な神様を迎え入れて、近所の人たちも招いて、ご馳走《ちそう》や酒をふるまいながら、新郎新婦を祝うのである。

それを姫子島神社本殿前でやろうと、言い出したのはスセリである。

しかも、「花鎮め」の祭りと一緒に派手にやると、近所の者たちも物珍しく思って、ドッと集まるはずだと考えたのだ。スセリの思惑通り、〝神前結婚式〟を一目見ようと、氏子たちがわんさか集まってきた。峰七が無罪であったことを祝うためでもあった。

神楽殿《かぐら》では次々と舞や謡が行われ、境内はまるで芝居小屋のような賑《にぎ》わいとなり、社務所では溢《あふ》れんばかりの人たちが、料理や酒を楽しんだ。

氏子たちが集まって、お祭りをした後で、神様からのお下がりである神饌《しんせん》を飲み食いすることを〝直会《なおらい》〟というが、祝言とあいまって、てんやわんやの大騒ぎである。

〝直会〟とは、八百万《やおよろず》の神が一堂に会するという意味もあるというから、まさにめでたいことだった。

そんな幸せな光景を眺めながら、

「こりゃ、かなり金が集まったんじゃないかなあ」

とスセリだけは頭の中で算盤《そろばん》を弾《はじ》いていた。只《ただ》で飲み食いするのも気が引けたのであろう。賽銭《さいせん》箱には、ご祝儀としてポンポンと金が投げ込まれていたからだ。

晴れて幸せそうな顔の妹の顔を眺めながら、峰七もほろ酔い機嫌で頬を赤く染めていた。思わぬ神の采配《さいはい》で、たったひとりの妹の祝言に立ち会うことができて、腹の底から幸せを噛《か》みしめていた。

そんな光景を眺めながら、丹波も自分のことのように喜んでいた。

「神主さん、よかったですなあ」

語尾を伸ばしながら、近づいてきた光右衛門が徳利を差し出した。丹波は少しだけ受けて、

「茂兵衛さんは、どうなりますでしょうか」

「穢《けが》れが落ちたのですから、重い罰は避けられると思いますがね。死んだ久万五郎という人かて、ほんのちょっとしたことで、悪さをせずに済んだと思うのですがな」

「ですねえ。すべての人々が明るく過ごして、生きとし生けるものが栄えるために、神々はいるのですからね。まさに、ここは今、〝神苑《しんえん》〟になってますな」

改めて陽光の中での宴会が、〝花鎮め〟という春の花祭りとあいまって、ますます盛況となった。神楽殿では、スセリが巫女神楽を舞い始めた。やんややんやの拍手や

かけ声を浴びながら、実に楽しそうにぴょんぴょん跳ねるように踊っている。

その前では、まるでかぶりつくように、〝貧乏神〟の幸之助が、いい気分で酔っ払っている。そして、八剣は横臥《おうが》禁止の渡り廊下で、高鼾《たかいびき》で寝ころんでいる。まさに幸せな情景を眺めながら、

「それにしても、光右衛門さん……」

と丹波は問いかけた。

「あなた方はほんと、一体、何者なんです」

「ええ？」

「スセリにしても、八剣さんにしても、あの貧乏神さんも……これまでも色々な人に〝禊祓《みそぎはらえ》〟を施して来たのではありませんか？」

「――さあ……それは、どうでしょうかな。私たちは神職ではありませんしねえ」

「だが、今般も救われた人がいた。心も体も……」

「いや、救えなかった人もいますよ」

「久万五郎のことですか」

「ま、とにかく、いくら神様でも、できることとできないことがありましょう。それに、あなたが来てくれて本当によかった。前の神主は、私たちとは違いますからな」

「私たちとは違う……？」

「ええ、ただの人間です。でも、あなたは違う……もう薄々、感づいてるでしょう」

「何をです」

「同じ血が流れているってことをです」

「さあ、どういうことです」

「ご自分で気づいていないのであれば、またおいおい……ふふ、ははは」

光右衛門は浮かれたように笑いながら、〝直会〟の方へ、少しふらついた足で歩いていき、顔馴染《かおなじ》みの人たちと楽しそうに酒を酌み交わしていた。

木立の間から差し込む陽光が、きらきらと燦《きら》めいている。

「ここが、お江戸日本橋のど真ん中、なのかねえ……」

暖かな光を眩《まぶ》しそうに見上げると、丹波もしぜんに心地よい笑みが浮かぶのだった。

第二話　冥府《めいふ》下り

一

白装束に裃《かみしも》を着た小太りの中年侍が、姫子島神社の境内に現れるや、おもむろに脇差を抜き払った。

神殿に向かって深々と礼をしてから、唇を一文字に結び、切っ先を腹に突き立てようとすると、ひらひらと舞ってきた若葉が、中年侍の瞼《まぶた》に触れた。

「うっ……」

一瞬、思い留《とど》まったかのように、切っ先を止めた中年侍だが、脇差を握り直した。

この日は、春一番のような強風で、神社境内の樹木も異様なほど揺れていて、枝葉が擦《こす》れすぎて発火するのではと思うほどであった。

社務所から、ひょっこり顔を出した巫女《みこ》姿のスセリは、今にも切腹をしようとしている侍に目を留めた。

「何をするのッ！　よしなさい！」

スセリは考える間もなく、たまさか手にしていた破魔矢を投げた。シュッと勢いよく一直線に空を切ると、鏃《やじり》が中年侍の眉間《みけん》に見事に命中した。

「アタッ！　あいたたたア！」

情けない悲鳴を上げて脇差を落とし、尻餅《しりもち》をついた。額に両手をあてがって泣き出す仕草は、とても切腹をしようとしていた武士の態度ではない。

「ああ、痛い、痛い……何をする。おい、痛いではないか！」

軽やかに駆け寄ったスセリは、ちょこんと謝ったものの、ずっと痛がっている中年侍のあまりにも子供じみた顔つきに、

「何をするって、切腹をするの、止めてあげたんじゃないですか」

と言いながら、破魔矢を拾った。

「そ、それにしてもだ……アタタ……殺す気か、ぬしゃッ」

「ご覧のとおり破魔矢ですからね。邪気を取っ払ってあげたのです」

正月の縁起物ではなく、奉射祭《ぶしゃさい》という弓神事に使うもので、きちんと的に向かって射る矢である。

古来、弓の弦を鳴らすと魔を祓《はら》うと言われている。それが鳴弦の儀式だ。殺傷するほどの鋭さはないとはいえ、鏃は尖《とが》っているので痛いのは当然だろう。それにしても、いつまでも顔を伏せて泣いている中年侍に、スセリは呆《あき》れ返った声で、

「立ち上がって下さいよ。私が虐《いじ》めてるように見えるじゃないですか」

と言った。

白の小袖《こそで》に緋袴《ひばかま》という、いつものいでたちである。束ねた長い黒髪は風に吹かれて妙に艶《なま》めかしかった。

「な、情けない……拙者はろくに切腹もできないのか……」

悔しがる中年侍の顔を覗《のぞ》き込んで、

「ちょっと旦那《だんな》……本気で、そんなことをしようとしてたの？」

「冗談でかようなことができるかッ」

「待って下さいよ。神聖な境内で、そんなことされたら、こっちがたまりませんよ。しかも、今日は正月でもないのに、特別に弓神事をするんだから、邪魔しないで下さい」

「え……」

キョトンとした中年侍の顔は、鏡餅《かがみもち》のような体の上に乗せた饅頭《まんじゅう》のように丸く、ど

ことなく愛嬌《あいきょう》があった。とても悲痛な状況にあるとは見えない。どうせ、しょうもないことで思いあまって、衝動的にやろうとしただけのことだろうと、スセリは思った。

そのスセリの顔を、饅頭顔はじっと見つめている。

「なんです。何かついてますか？」

「今、弓神事と言ったな」

「そうですよ。本来なら正月の行事で、ふたりの射手が交互に打って、的への矢の当たり具合で五穀が豊作になるかどうか占うんです。もちろん、氏子たちの魔を祓う狙いもありますよ。新しい禰宜《ねぎ》が来たばかりなのでね、まあ景気づけですわ」

スセリの言葉に、中年侍は脇差を鞘《さや》に戻すと、

「その射手の役……拙者にやらせてくれぬか」

「はあ？」

「神官が行うものだとは、むろん承知している。だが、この手で、今一度、矢を射ってみたいのだ」

今の今までの悲痛な顔から、俄《にわか》にギラギラとした瞳《ひとみ》に変わった中年侍を見て、

――頭がおかしいに違いない。

とスセリは思った。

こういう手合いには関わりたくないが、挙動が不審な者を放っておくのも、神に仕える身としては捨て置くわけにもいかぬ。もっとおかしなことをして、何の罪もない人を傷つけることもあるからだ。

つい先日、日本橋の絵双紙屋に押し入った若者が持っていた刃物で、錦絵《にしきえ》も含めて、草双紙をズタズタに切り刻み、破り焼き捨て、その上、作者の家や摺《す》り屋にまで押しかけて殺そうとした事件があった。

「下らねえモノばかり描きやがって！　こんなバカばかりの世の中は俺が成敗してやる！　つまらない世の中を消してやる！」

などと喚《わめ》き散らしながら、手代や客にも手当たり次第に斬りかかった。駆けつけた町方同心や岡っ引、自身番番人らに取り押さえられたが、

「俺を磔《はりつけ》獄門にしろ！　さあッ、槍《やり》で突きやがれ！」

と自暴自棄になって、大暴れしていたという。

春の陽気で、頭がどうにかした奴が増えたのかもしれないが、仕事にあぶれて、怒りの刃《やいば》をあらぬ方に向けている愚か者も多かった。

「神仏への信心が足りないからだ」と説教するのは簡単だが、今日の飯にも困っている者や、世間から爪弾《つまはじ》きにされたと思い込んでいる者にとっては切実な現実かもしれ

ぬ。

——そういう者たちのために、せめて神に仕えている者が何かできぬか。

と、白川丹波は常々言っていたが、スセリにとっては、それこそ今日の飯の方が大切だった。神社で働く者であっても、霞《かすみ》を食って生きているわけではないのだ。しかし、目の前にいるような危うい人を放置しておくことは、良心が許さなかった。

「とにかく……お話をお聞きしますから、社務所へ来て下さい。姫子島神社の禰宜が、きちんと話を聞いて下さいます」

スセリに誘われるままに、白川丹波の前に来た中年侍は、その顔を見るなり、

「おや。意外と若いのですな」

ガッカリしたような目になった。

神職というからには、もっと重厚で頼りがいのあるような風貌《ふうぼう》を思い浮かべていたのであろう。

丹波としても、中年侍の白い袴に白ずくめの着物には驚いた。自分たち神職も白小袖に白袴《しろばかま》を着ることがあるが、なんとも異様な感じを抱いていた。

「で……何故、切腹なんぞを？」

スセリから話を聞いた丹波は、相手に事情を訊《き》いた。

「拙者、公儀畳奉行・小嶋雄之助《こじまゆうのすけ》という者でござる。自分で言うのも憚《はばか》られるが、れっきとした旗本でござる」

畳奉行は、作事奉行の配下にあって、江戸城内の座敷、役所や大奥の畳などの管理や張り替えなどを執り行った。旗本職で、配下に御家人を手代として二十人余り抱えている重要な役職である。

「だが、元は留守居役《るすいやく》配下、弓矢鑓《ゆみやり》奉行として奉公しておった。まあ、悲しき宮仕えでな、畳奉行に替えられたのが二年前。それからというもの、我がこの腕を活《い》かすことができず、来る日も来る日も空しき……」

「あなたの身の上話は後で聞くとして、小嶋様。そのような大身のお旗本が、何故、このような所で、切腹なんぞを」

丹波は話の矛先を変えようとしたが、小嶋は首を振りながら、

「その話をするには、まずは私の話をしなければなりますまい」

「はあ……」

「それに、大身のお旗本などと、からかわれては困る。旗本とはいえ、小身も小身。ま、それはともかく、私はこれでも、日置《へき》流弓術を極め、上様の身辺を御守りする大番組にもいたことがありまする。太平の世とはいえ、江戸城中の弓や鑓を保管し、ま

た時には自ら造り、常にその術を錬磨し、イザ鎌倉というときにはすぐさま駆けつけねばなりませぬ。されど……」

まるで講釈師のように、小嶋は縷々《るる》並べ立てた。

「畳奉行とは実に地味な仕事で……いや、地味だから嫌だとか、つまらぬと申しているのではない。昨今、食い扶持《ぶち》もなくなった御家人に比べると自分はまだまだ僥倖《ぎょうこう》に恵まれた身であろうし、やり甲斐《がい》もないではない」

「ですから……」

「まあ、聞け。人の話を聞くのも、神職の務めであろう」

「……」

「拙者が畳奉行に就任してから、喫緊の要事は、大奥の畳み総替えであった。大奥二万坪と言われておる。そのうち一万坪に相当する二万畳もの広さを替えるのは、金も労力も並大抵ではない」

「で、何がおっしゃりたいので」

「それだけ多くの畳を替えるとなれば、幾つかの畳問屋に頼まねばならぬ。だが、これも作事奉行のもとで、〝入れ札〟が行われるのだが、材木問屋や普請請負問屋ではありがちな、談合が行われているのだ」

「談合……」

さもありなんと丹波は聞いていたが、目の前の小嶋は意外にも、不正は許せぬと打ち震えながら言った。

そんな意見ならば、上役にでも伝えればよいのに、神社の禰宜に話したところで何も解決しまいにと、丹波は思った。しかし、小嶋は真剣なまなざしで、

「むろん、作事奉行の堀部《ほりべ》修繕様には、再三申し上げた。賄賂《まいない》を受け取って落札させ、昵懇《じっこん》の畳問屋に一手に任せるようなことをしてはならぬと」

「はあ……それで？」

「部下の言うことになど聞く耳は持たぬ」

「でしたら、ご老中に直訴するとか、目安箱にて上様にお伝えすることもできるのではありませぬか？」

「それをしても無駄だった……だからこそ、拙者は、ここでもって腹を切り、神に嘆願し、堀部様の……いや、公儀ぐるみの不正を糺《ただ》して貰《もら》おうと願っていたのだ」

切羽詰まって述べる小嶋の顔を見ていて、

——やはり、頭がおかしい。

と思った。

丹波自身は神の力なるものを信じている。しかし、畳取り替えにまつわる賄賂の事件を、神様に解決して貰おうとはどういう了見かと、その内心を疑った。だが、あれこれ言ってもすぐに反論をしてきそうだったので、

「分かりました。私も神職として、神様にお願いしてみましょう」

「この姫子島神社は、伊勢神宮と深い繋《つな》がりのある倭 姫 命《やまとひめのみこと》を祀《まつ》っていると聞き及んでいる。どうか、どうか、神の力によって、堀部様を始めとする不善を為《な》す輩《やから》を、懲らしめていただきたい。そのために、この一命、差し上げ奉りまする」

歌舞伎役者のような大仰な所作で平伏した小嶋に、丹波は困惑しながらも、

「よく分かりました。だから、そう興奮せずに、この一件、しばらく私に預けていただけますかな」

と返すと、小嶋は歓喜に打ち震えた。

「では、奉射祭の弓も、射ることが叶《かな》うのですな」

「それと、どういう脈絡があるのか分かりませぬが……弓の名人ならば、よろしい。お頼み致しましょう」

仕方なく答える丹波に、小嶋はもう一度、有り難きことと頭を下げた。

傍らでスセリは呆《あき》れ顔で見ている。

「またぞろ、変なのと関わったけど、どうなっても知らないからね」

そう言いたげな顔をしていた。

二

向柳原《むこうやなぎわら》にある伊勢久居《ひさい》藩の江戸上屋敷で行われる畳問屋の寄合は、急遽《きゅうきょ》、中止となった。この屋敷の主《あるじ》は、今をときめく老中・藤堂佐渡守重綱《とうどうさどのかみしげつな》である。

五万三千石の大名とは思えぬほど、立派な長屋門の屋敷には、公儀役人や諸藩の江戸留守居役のみならず、豪商と呼ばれる御用商人たちも沢山、出入りしていた。

幕政に関わるようになって、まだ三年余りだが、かの城造りの名手として名を馳《は》せた藤堂高虎《たかとら》の係累ゆえか、江戸商人たちとの深い繋がりもあって、あれよあれよという間に頭角を現し、いずれ老中首座になるであろうと幕閣内では目されている。

山下《やました》御門内に拝領屋敷があるのだが、登城しない日は、この江戸上屋敷が落ち着くからと滞在している。藩士がいるとはいえ、幕府の重職だから、公儀の警護役もつく。

周辺は常に物々しい雰囲気があった。

玄関脇にある刀掛けには、様々な陳情に訪れる武士から預かる刀がずらりとあって、波打っているようだ。

商人たちからの届け物は、控えの間に山と積まれており、藩士たちは中身を改めることもなく、すぐさま献残屋に流していた。献残屋とは、武家への上納品の払い下げを受けて、それを売る商人のことだ。

藤堂佐渡守に面接を請う者たちの長い列の中に、白川丹波と寺社奉行・寺社役の八剣竜之介の姿もあった。

——場違いな所に来たものだ。

と、丹波は溜息《ためいき》をついていた。屋敷内の桜の花がはらはらと散っている。花見よろしく茶菓子などを食べていると、

「これは、これは、おふたり揃って、何を陳情に参ったのかな？」

と声をかけてきた侍がいた。振り向くと、裃《かみしも》姿なので見違えたが、南町奉行所の定町廻り《じょうまちまわ》同心・坂下善太郎であった。八剣は坂下の顔を見た途端、

「こいつは朝から縁起が悪いわいなあ」

と、わざとらしく言った。坂下は苦笑を浮かべて、

「もしかして、小嶋雄之助様のことを真に受けて、老中に直談判しに来たのではありますまいな、八剣様」

「なぜ、小嶋様のことを……」

「知ってるかと？　はい。あの御仁は希代の大嘘つきでしてな。旗本仲間からも、蔑《さげす》まれておるそうです」

「そうなのか？」

「どうせ上役の悪口でも言うたのでしょうが、ゆめゆめ信じない方がよろしいかと。後でバカを見るのは、信じた奴らですからな。それに……」

「それに？」

「小嶋様こそ、人に言えぬ悪さをしている節があります」

最後の方は声を潜めて、坂下は言った。

「どういう意味だ」

聞き返す八剣の目が俄《にわか》に、不信の色に変わった。

「実はですな……」

丹波もじっと見ていると、坂下も真剣なまなざしになって、

「町方で長年、追っていた〝葛籠《つづら》の半蔵《はんぞう》〟という盗賊がいるのですが……そいつと小嶋様が繋がっている疑いがあるのです。町方は血眼になって探索しているところですが、下手に関わらぬ方がよいと思います。そう忠告しておきますよ、八剣様」

念を押すように言って、スタスタと立ち去った。

「――やはり、何かあるのですね、八剣さん……どうも、あなた方はいつも謎めいてる……また何か、事件でも起こっているのですか、あの小嶋様について」

「ふん。大嘘つきは、坂下の方だ。早手廻しに老中様に近づいたのかもしれぬが、そうは問屋が卸さねえ」

「なんです？　それに、〝葛籠の半蔵〟って聞いたことがありませんが」

「江戸を荒らしていた盗賊一味だがな、それは三年程前のことで、今はなりを潜めてる。どうせ、町方が何かをでっち上げるために利用してるんだろうよ」

「あの……私にはサッパリ何のことだか分かりませんが……」

「今に分かるよ」

八剣が訳ありげに微笑んだとき、繋ぎ役の家臣が来て、藤堂佐渡守に会わせるからと渡り廊下を案内されて奥座敷に来た。

二間続きの部屋があって、佐渡守は上座の金屏風《きんびょうぶ》の前に座っている。下段の間に座らされた八剣と丹波の顔をろくに見もせず、

「――なんじゃ」

とだけ佐渡守は言った。

「寺社奉行・寺社役、大検使兼任の八剣竜之介という者です」

「寺社役……？」

チラリと目を上げた佐渡守は、ふたりの姿を見た。総髪で白小袖《しろこそで》に浅葱《あさぎ》色の袴の丹波を訝《いぶか》しげに見やりながら、

「公務ならば、寺社奉行を通せ。大検使といえば、神官や寺社内の事件探索を受け持っておろう。この場には相応《ふさわ》しくあるまい」

「この場とは？」

「公儀とは違う、いわば表に出せぬ事案に対処するために、身共が特別に親切心でやっていることだ。老中の仕事ではない」

「その表に出せぬ事案でございます」

「なに？」

「作事奉行配下の畳奉行に、小嶋雄之助なる者がおります。ご存じですか？」

八剣が意味深長な目つきで尋ねたが、佐渡守はあっさり、

「よく知らぬ。何人もおるゆえな」

と答えた。間髪を容《い》れず、八剣は流暢《りゅうちょう》に話し始めた。

「作事奉行堀部修繕殿は、大奥の畳替えに関して、予《かね》てより通じている『瀬戸屋《せとや》』と

いう畳問屋に対し、事前に〝入れ札〟の値を教え、畳替えの一切を仕切らせ、その見返りとして、支払われた公金から、数百両という莫大《ばくだい》な金を受け取っているとのことです」

「さようなことが……」

佐渡守は驚いた顔をしたが、八剣には見せかけに過ぎないと感じられた。

「ですから、名門藤堂家であらせられる御老中様直々に、調べていただきたく存じます」

「うむ。さようなことが事実だとすれば、由々しきことだ。よく言うてくれた。早々に詰問してみよう」

「心強いお言葉。長い列に並んで来た甲斐《かい》がありました」

「うむ。それにしても、何故、寺社奉行役人のおぬしが此度《こたび》の一件に関わっておる」

「寺社地で起こったことゆえ、私が対応に出たまでです。で……ござるな、丹波殿」

八剣は丹波を見やって、

「実は、ここに控えしは、日本橋姫子島神社の神主として、伊勢神宮より参った白川丹波という禰宜《ねぎ》でございます」

深々と〝合手礼《ごうしゅれい》〟で頭を下げる丹波を、佐渡守は剔《えぐ》るような目で凝視して、

「ほう……まだ若いのに、大したものだ」

「かような形とはいえ、御老中の藤堂佐渡守様にお目にかかれて恐悦至極にございます。以後、お見知りおきのほど、宜《よろ》しくお願い致します」

丹波が丁寧に挨拶《あいさつ》をすると、佐渡守もしかと頷《うなず》いた。だが、その顔には、わずかながら疑念の色を浮かべながら、

「おぬしと畳奉行の小嶋とやらは、何か関わりがあるのか」

「いいえ。たまさか姫子島神社の境内で切腹しようとしたところを見かけましたもので」

「切腹……？」

「本気だったかどうか怪しいものですが、飄々《ひょうひょう》としていて、何となく不思議なお旗本で、どこまでが真意で、どこからが嘘か分かりませぬ。ですが、私が色々と調べたところ、『瀬戸屋』はどうも胡散《うさん》臭いので、主人の金右衛門《きんえもん》にも直に会ってみました。ですから、こうして言上に参ったのです」

「胡散臭い、とな」

「はい。これでも神に仕える身ですから、一目会っただけで、誠実な人間かどうか分かります。ええ、神様が教えてくれるのです」

「神様が教えてくれる、となㆍㆍㆍㆍㆍㆍならば、身共はどうだ。誠実か否か」

苦笑混じりに佐渡守が訊《き》くと、丹波は素直に答えた。

「分かりません。一目で分からないのが、一番困るのです」

そう言いながら、じっと見つめる丹波の目を、佐渡守も睨《にら》み返し、

「なるほど。身共を確かめに参ったか。まあ、よかろう。自分では信心深いと思うておる。神明に誓って、作事奉行の不正を暴くよう努めよう。よくぞ教えてくれた」

と断言した。

「ならば、藤堂様……」

今度は、八剣が声をかけた。

「かの『瀬戸屋』と〝葛籠の半蔵〟の関わりも調べた方がよいかと存じます」

「なんだ、その葛籠某《なにがし》……というのは」

「お惚《とぼ》けなさらなくても結構。南町奉行所の坂下善太郎がそのことで、訪ねて来ていたではありませぬか。坂下はあまり素行は良いとは言えませぬが、大岡越前守《おおおかえちぜんのかみ》様の懐刀と聞き及んでおります。密《ひそ》かに、藤堂様との繋《つな》ぎ役をしていても不思議ではありませぬ」

「………」

「町方が何を探索しているか詮索《せんさく》するわけではありませぬが、寺社方の調べでも……『瀬戸屋』が関わった武家屋敷や豪商の屋敷に、〝葛籠《つづら》の半蔵〟が盗みに入っていることは分かっておりますれば」

「どういう意味だ」

「畳替えは、その屋敷の中をさらけ出すようなものです。畳替えの人足の中に、〝葛籠の半蔵〟一味の者がいれば、何処に何があるかを予《あらかじ》め見極めておくことは容易かと」

「おぬしの言い方だと、まるで『瀬戸屋』と〝葛籠の半蔵〟とやらがグルだとでも言いたげだな」

「おっしゃるとおりでございます」

「ということは……？」

「此度は単に、畳替えによる作事奉行の不正に留《とど》まらず、大奥……ひいては江戸城にその盗賊一味が忍び込む手引きになりはせぬかと、心配しているのです」

「ふっ……ふはは……」

佐渡守はバカバカしいと笑って、毅然《きぜん》と言ってのけた。

「大奥での作業は、すべて奥女中がやり、他の日常と同じで、畳の出し入れも〝七つ口〟で執り行われる。人足が出入りすることなどできはせぬ」

「盗賊一味の中に女がいないとは限りますまい。すでに、下級の奥女中として忍び込んでいるやもしれず……油断は禁物ですぞ。〝葛籠の半蔵〟は、その名のとおり、葛籠半分くらいの荷で、何千両もの値打ちものを盗み出すと言われておりますからな」

慎重を期した方がよいと、八剣は進言したが、佐渡守はどうも釈然としないようで、不愉快げに顎《あご》を撫《な》でているだけであった。

「では、宜しくお願い致しまする」

丁重に挨拶をして、丹波とともに立ち去ろうとして、ふと振り返った八剣は、

「あ、ところで、藤堂様……ご老中には、兄上がおいででしたよね。本来ならば、家督を継ぐはずだった」

と唐突に、訊いた。佐渡守は一瞬、眉間《みけん》に皺《しわ》を寄せたが、

「さよう。幼少より、病弱だったゆえな、長幼の序には逆らうことになるが、亡き父上が藩主は余にと判断したことだ」

「そうでしたか……」

「此度の一件と、何か関わりがあるのか？」

「いえ、噂を耳にしたので、お尋ねしたかっただけでございます」

八剣が威風堂々と退出すると、丹波もそれに従った。

三

姫子島神社の参道入り口に、風鈴の鳴っている茶店があった。『伊呂波《いろは》』という染め抜きの暖簾《のれん》が風に揺れており、通りに面して、何人もが腰掛けられるよう、緋毛氈《ひもうせん》を敷いた縁台が並べられている。

大きな葛籠を背負った、小太りの初老の男が、「よっこらしょ」と座ると、店の奥から、少し着崩した菖蒲《あやめ》柄の着物に前掛け姿の女が、しなやかな動きで出てきて、

「いらっしゃいませ」

と鈴を転がすような声で茶を置いた。

初老の男は、妙齢の茶店女を見て、ハッとなった。美人画から抜け出てきたような艶《あで》やかな女で、参拝客でなくとも、わざわざ茶を飲みに人々が立ち寄るのは、狙いが女将《おかみ》だったからである。

お熊《くま》という。名は体を表すというが、まったくの正反対で、鶴のような清楚《せいそ》な美しさに可憐《かれん》なふるまいが、男心をくすぐっていた。いや、女でも憧《あこが》れていたのは、その

らである。

風貌《ふうぼう》に似合わず、言いたいことはハッキリという、ちゃきちゃきの江戸っ子だったか

――姿は鶴でも、やはり中身は熊だ。

というのが、女将をよく知る人の感想だった。

その不釣り合いが面白いと、江戸で人気の絵師や俳諧師《はいかいし》、戯作者《げさく》、浄瑠璃作者《じょうるり》など

が、『伊呂波』の二階に集まっては、酒も飲まずに一晩中、〝経世済民〟について話し

合っていた。その中心になるのが、お熊でなかなか弁が立つ女だから、集まった文人

墨客たちは面白がっていたのである。

葛籠を置いた初老の客は、差し出されたぬるめの茶を飲んで、ほっと息をついた。

「ああ……長旅で疲れたから、ほっとするよ……」

「ごゆっくりなさって下さいませ。今日は、姫子島神社にお参りですか？」

「え？」

「つい近頃、新しい禰宜《ねぎ》さんが伊勢から来ましたから、少しは活気づきました。よろ

しかったら、御利益でも貰《もら》って下さいな」

「ああ。是非、そう致しましょう」

初老の客は、差し出された花を象《かたど》った菓子を食べた。

口の中に甘みが広がると、体の疲労が抜けて行くようだった。二杯目の茶は少し温かくしてあり、三杯目は気持ちが落ち着くような熱い茶だった。

「なるほど……女将さんは、もてなしをよくご存じのようですな」

感心して安堵《あんど》した顔になった初老の男は、金を払いながら、

「ときに……若い夫婦連れが訪ねて来なかったかな」

「縁結びの神様でもあるから、若いふたり連れは、そりゃ幾らでも来ますがね」

「いや、この茶店にだ。ああ、挨拶《あいさつ》が遅れたが、実は私は、岩松《いわまつ》という近江八幡《おうみはちまん》から来た小間物商なのだが、ここで落ち合うことになってましてな」

「ここで……？」

お熊は訝《いぶか》しげに首を傾げて、

「うちで待ち合わせをしているのですか。それとも、姫子島神社で？」

「もちろん、『伊呂波』さんでです。店の名が覚えやすくて、場所も分かりやすいですからね。ええ、昔はもっと栄えていた参道なのですが、もっとねえ……」

曖昧《あいまい》に言った岩松だが、先代の『伊呂波』の主人、つまり、お熊の父親のことはよく知っていると話した。

もっとも先代の主人・源五郎《げんごろう》は実の父親ではない。訳あって、母親とお熊の転がり

込んだ先が、『伊呂波』だったのが縁で、源五郎と母親のおなつが結ばれたのだ。しかし、母親が流行病《はやりやまい》で早死にしてしまったので、お熊は血の繋がりのない義父と一緒に暮らしてきたのだった。

「その頃……私が時々、この辺りに訪ねて来ていた頃は、源五郎さんは達者で、お嬢ちゃんもこんなだったっけねえ」

と岩松は腰の辺りに手を当てた。

「だったら随分、昔ですね。私はもう二十五の年増《としま》です。行かず後家などと、近所の人たちにはからかわれております」

「それはなんとも勿体《もったい》ない。女将のような美形ならば、引く手あまたでしょうに。それとも、選《よ》り好みをしているのですかな？」

「どうやら性格が悪いみたいです。名も、熊と言いましてね。親を怨《うら》みます」

「熊……！」

「驚いたでしょう」

「いやいや……そんなことは……」

手を振りながらも戸惑った顔になった岩松が、商売仲間との待ち合わせに奥で待たせて貰いたいと言ったとき、ぶらりと坂下善太郎が岡っ引の般若《はんにゃ》の浜蔵と話をしながら来た。

「そりゃ妙だな……〝かもねぎ〟がおまえに近づいたのは、たまさかのことじゃなくて、町方の動きを探るためではないか。そもそも、〝葛籠《つづら》の半蔵〟が追い詰められたとき、奴がいたのもおかしな話だな……女将。いつものを頼むぜ、おい」

と坂下が縁台に座ると、浜蔵はさりげなく岩松の前に立った。お熊は眉間に皺を寄せて、シッシッと犬でも追いやるように、

「親分さんに出す茶はありませんよ。只《ただ》飲み只食いばかりじゃ、こちとら上がったりですよ。余所《よそ》でどうぞ。もっとも、この辺りじゃ相手にする店はないかア」

「相変わらず言うことがキツいねえ。でも、そういう女将がたまらないのだ。むふふ……一度、お願いしたいねえ」

冗談を言っていた顔つきがガラリと変わったと思うと、浜蔵がいきなり岩松を張り飛ばした。縁台から崩れ落ちた岩松を、すぐさま坂下が踏みつけながら、

「大人しく言うことを聞かねえと、この場でグサリと刺してもいいんだぜ」

「な、何をなさるのです……！」

俄《にわか》に真っ赤に腫《は》れた頬に手をあてがいながら、岩松は悲痛な声で、

「私が、何をしたというのです。八丁堀の旦那《だんな》」

「惚《とぼ》けても無駄だ。実は、おまえを待ってたんだよ、岩松さんよ。とうに調べはついてんだ……おまえが〝葛籠の半蔵〟の大番頭役だってことはな」

仰《あお》向《む》けになったままの岩松は必死に、知らないと首を振ったが、

「白状しやがれ」

「や、やめて……下さい……私は何も……」

抗《あらが》う岩松を浜蔵は引きずり上げると、後ろ手に縛り上げた。

「ちょいとお待ちなさいな、旦那方」

お熊がすっと割り込んで、いかにも伝法な口調になり、

「仮にもうちのお客さんに、いきなりなんてことをするんだいッ。〝葛籠の半蔵〟だかなんだか知らないが、問答無用の乱暴狼藉《ろうぜき》は見過ごせないね、旦那ッ」

「黙ってろ、お熊。おまえには関わりのねえことだ」

「それが大ありなんだよ」

さらに、お熊は坂下に顔を近づけて、

「この人は私の亡き父親の客だったお方。そして、〝葛籠の半蔵〟が何処の誰兵衛かなら、私が知ってるよ」

「な、なに……？　つまらねえこと言いやがると、只じゃ済まねえぞ」

十手をちらつかせる坂下に、お熊は真剣なまなざしで返した。

「ほんとの話さね」

「何故、おまえが知っているのだ」

「――何を隠そう……〝葛籠の半蔵〟ってのは、般若の浜蔵親分。あんただからだよ。ねえ、名前もそっくりだ」

浜蔵はカッとなって、お熊の肩を摑《つか》んで、

「言うに事欠いて、何を言い出しやがるッ。てめえ、ちょっとばかり器量良しだからって、つけあがるンじゃねえぞ」

「おや。男で売ってる親分さんが、女に手を出すんですかい。毎日、只で茶を飲んで、団子や菓子まで食われた上に、乱暴までされちゃ、こっちも黙っちゃいねえよ」

スッと芸者のように左褄《づま》を取って、売られた喧嘩《けんか》は買うぞとばかりに身を構えた。

頭に血が上りきった浜蔵は、女だからって容赦はしないと今にも殴りかかりそうになったが、その腕を坂下が摑んだ。

「やめとけ……あいつが見てる」

顎《あご》でコナすと、参道の先、鳥居の近くから、八剣がじっと見ていた。

しかも、ぶらぶらと近づいてきている。参道も寺社方の支配地である。町方が出張る所ではない。

「揉《も》めると厄介だから、今日のところは引き下がるが、お熊……俺に言いがかりをつける度胸だけは認めてやる。けど、いずれ俺に組みふされて泣くのを覚悟しておくのだな」

吐き捨てて、坂下が立ち去ると、浜蔵も岩松を捨て置いて追いかけた。

「ふん。逃げやがった……」

お熊は岩松の縄を解《ほど》いてやると、「忘れ物だよ」と捕り縄を浜蔵に向かって投げた。

そして、岩松を労《いたわ》るように奥に誘いながら、

「あいつら、何もしてない者に罪を着せるのが上手《うま》いからねえ、気をつけなきゃだめだよ」

「……ありがとうございます」

「誰と待ち合わせをしているのか知らないけれど、ゆっくりしていって下さいな。あら、さっきの張り手で、こんなに腫れて……手当てして差し上げますね」

「も、申し訳ありません……」

ぶらり近づいてきた八剣を、岩松はチラリと見た。八剣の曰《いわ》くありげな眼光に、岩松は思わず目を逸《そ》らした。

「この茶店は、その昔、泥棒宿だったんだ」

唐突に、八剣に声をかけられて、岩松は首を竦《すく》めた。

「寺社地だから、丁度よかったんだろうよ。町方から身を隠すにはな……けど、今は違う。下手に関わり合わない方が、あんたの身のためだぜ」

「えっ……」

「俺も寺社役として、色々な輩《やから》を見て来たからよ。あんたは只者《ただもの》ではないと睨《にら》んだ」

「…………」

「町方に売るような真似はしない。正直に話さないか、俺たちに」

八剣の言い草に、岩松は戸惑って、もう一度、振り向いた。

「俺たち……？」

「ああ。お熊も俺たちの仲間……ちゃあ、仲間なんだよ」

「――どういうことでしょうか……」

「ゆっくり話して貰《もら》いたいもんだ。作事奉行の堀部修緒様のことをな。あいつらに喋《しゃべ》るよりも、融通が利くと思うぜ、俺たちは」

裏があるという顔つきになった八剣の目を、岩松はじっと見つめ返した。

お熊も、そうした方がいいよとばかりに頷《うなず》いている。坂下から助けたのは、別の狙いがあったからかと、初めて岩松は気づいた。

「――なるほど……すっかり見抜かれてたってわけですかい……」

それまでの気弱そうな態度から、少しばかり〝ワル〟らしい地金を出して、

「同じワルなら、正しいワルとおつきあいした方がましかねえ」

と意味ありげに微笑んだ。

四

姫子島神社の社務所で、岩松の姿を見た小嶋は、懐かしい友に再会したかのように喜びながら、手を握りしめた。

「よく無事であったな……ああ、よかった、よかった……」

「小嶋様も、大丈夫でしたか」

「もう、おまえには会えないと思って、拙者、切腹して、公儀ぐるみの不正を訴えるつもりであったが、この神社の禰宜《ねぎ》と巫女《みこ》に助けられたのだ」

「切腹などと……そんなことをしても、喜ぶのは、老中や作事奉行の方ですぞ」

お互い励ますように、しっかりと手を握っているのを、傍らから見ていた八剣は、

呆《あき》れ果てたような声で、

「おまえたちだって役人と盗人《ぬすっと》だろう。それが繋《つな》がっているんだから、何とも妙な取り合わせだ。もう少し、はっきりと詳しく話を聞かせて貰おうか」

と訊《き》いた。

八剣のことを寺社奉行配下の寺社役で大検使であると知った岩松は、素直に頷いた。自分を盗賊の一味として追いかけている町方よりは信頼できると思ったのであろう。

「へえ。何もかもお話し致します。よろしゅうございますね、小嶋様」

「むろんだ」

小嶋と頷きあうと、岩松は訥々《とつとつ》と話し始めた。

「あっしが半蔵親分と出会ったのは、しょぼいコソ泥をしていたときです。ある屋敷で見事な技で、盗み出すのを見ました。狙いはなるべく小さな値打ち物。小判にしても、千両箱は大きくて重く、かさばるから小分けにして、子分たちが持ち去ります。しかも、盗んだことに気づかれないように、綺麗《きれい》に後片付けをしていくから、後で分かったときでも、いつの出来事かはっきり判明しないため、役人も探しようがないという有様です」

「盗みを自慢してどうすんのさ」

傍らでは、丹波と一緒に聞いていたスセリが、岩松に突っ込みを入れた。

「まあ、聞いて下せえ。可愛い娘さん」

「可愛い……うふ。聞いちゃう」

「半蔵親分は、盗人とはいえ、自分たちが贅沢《ぜいたく》するためじゃありやせん。世の中の貧しい人や病にかかった人たちに、恵んでやるためなんです」

「だからって、盗みが正しいとは言えぬぞ」

八剣は釘《くぎ》を刺したが、岩松は悪びれることもなく、

「そりゃそうですが、誰も助けちゃくれませんからね。目の前で困っている人を見て、救いたいのが半蔵親分でさ。それに、金を盗むわけじゃない。書画骨董《こっとう》の類《たぐい》は、値があってないようなもの。しかも、高値のものを隠すように持っている奴ってのは、大概、うなるほど金が余ってるしね」

「罪は罪だ」

「へえ。それで三尺高い所に送られるのなら、あっしは逃げも隠れもしやせんよ。でも、俺たちよりも、酷《ひど》いことをしてる悪党がいる。そいつらを道連れにしなきゃ、半蔵親分も浮かばれませんや」

「……半蔵が浮かばれない？　どういうことだ」

不思議そうに八剣が聞き返すと、岩松は急に嗚咽《おえつ》して、

「相済みません……半蔵親分は、もう五年ほど前に流行病《はやりやまい》で亡くなりました」

「亡くなった……じゃ、今のは……？」

「二代目でやす。もっとも、あっしら子分が認めたわけではない、一の子分だった笠《かさ》五郎《ごろう》って奴が、勝手に名乗ってるだけでさ。そいつが、新しい手下を集めて、盗み働きをしているんでやすが……」

「畳奉行の堀部修繕と組んで、荒稼ぎをしている……ってわけか」

念を押すように訊いた八剣に、岩松はこくりと頷いて、

「それだけじゃありやせん。時には、盗みに入った武家屋敷や商家から、秘密の文や隠し事を記した綴《つづ》りなどを盗み出して、老中の藤堂佐渡守に渡し、それをネタに強請《ゆす》っているのでやす」

「強請る……」

「それが、賄《まいない》という形になって、藤堂佐渡守の手に渡るって寸法でさ」

「畳替えで儲《もう》けて、盗みで儲けて、賄で儲ける……強欲もここまでくれば、神様も許しちゃくれないだろうな」

八剣が吐き捨てるように言うと、丹波はにこりと微笑んで、

「神様は人に罰を与えたり、懲らしめたりしませんよ。あるがままを受け入れるのです。そして、八百万《やおよろず》の神様がその傷を修復していくんですね」

「修復……していく？」

岩松が首を傾げて見やると、丹波は素直に頷いて、

「そうです。怪我をしたら、瘡蓋《かさぶた》ができるし、風邪になっても養生してればしぜんに治るでしょ。そのようなものです」

「随分と優しいんだな、神様ってのは」

「だって、神様はこの世をお造りになって、人々を守るためにあるんですから……罪を犯すような人だって、何か悪い物に取り憑《つ》かれているんでしょ。禊祓《みそぎはらえ》をすれば、きっと良くなりますよ」

「どうだかな。懲りない奴はゴマンといるからな」

裏社会で生きてきた岩松には、丹波が言っていることは、茫洋《ぼうよう》とした感じで世間知らずの甘い坊ちゃんに見えた。小嶋も岩松に賛同して、身を乗り出して、

「金に執着するだけならまだしも、時と場合によっては、人殺しも辞さない連中なのだ。だから何とかしなくては……」

「だったら切腹なんて、バカなことはせず、真相を暴くのだな」

八剣が呆れ顔になると、小嶋は少し気弱な言葉遣いになって、

「味方がひとりもいなくなれば、誰だって心が折れる……畳奉行は入れ替える畳の数を数えていればよい。余計なことには口出しをするなと、他の老中も若年寄も……みんな同じ穴の狢《むじな》なのです」

「あんた、不正が許せないガチガチ頭なんだな」

「当たり前ですッ。役人は、人の役に立つと書くではありませんか。なのに、自分の腹ばかり肥やす輩《やから》は断じて許せない」

「で、どうして、岩松と……？」

「私なりに探索をしていたら、葛籠《つづら》の半蔵が関わっているのではないかとの証拠を摑《つか》んだのです。ところが、岩松が言ったとおり、半蔵は既に亡くなっていた。ということは、別の悪巧みをしている奴がいたのかな……と。そしたら、同じように探っていた岩松と出会ったのです……親分の名を騙《かた》って、悪行を繰り返している奴は許せぬとね」

「なるほど。本物の半蔵って奴は、慕われているのだな。だが、町方の連中は……さっきの坂下も浜蔵もそうだが、岩松……おまえたち、本物の半蔵一味を捕らえようしている」

「もしかしたら、盗みは岩松と小嶋さんがしたことにして捕らえ、事件を揉《も》み消すつもりかもしれぬな」

そう推察する八剣に、スセリは手を打って頷《うなず》いた。

「旦那《だんな》。それに間違いないですよ。でなきゃ、わざわざ八丁堀の奴らが、岩松さんを狙ってくるわけがない」

そんな様子を見ていた丹波は、どこか腑《ふ》に落ちない顔になって、

「悪いことをした奴を暴くのは良いことだとは思いますが……どうして、八剣さんもスセリも、そう首を突っ込むんです？」

と訊《き》くと、八剣は、

「俺は仕事だ。寺社地で悪さをした奴は縛り上げて、お白洲《しらす》にかけなきゃならない」

「でも、スセリだって……」

「私は別にどうだっていいけどさ。巫女《みこ》なんだから、いいことしたいだけだよ。丹波さんだって、そうだよね。この江戸に巣くう悪を退治するために、伊勢からやって来たんでしょ？」

「はあ……？」

「ええ……」

何を言い出すのだと、丹波はキョトンとした顔になって、

「どうもよく分からないな……私はただ、この姫子島神社に行けと命じられただけで……もっとも、今の世の中、神様が大事にされずに、こうして見捨てられたような神社も多いと聞いてます。ただただ、神様にお仕えするだけです、ええ」

「ほんと、若い禰宜《ねぎ》さん、わざと惚《とぼ》けてるのか、本当に腑抜けなのか、分からぬな」

八剣にそう言われては、丹波も何となく身の置き所がないが、

――作事奉行と『瀬戸屋』と〝半蔵〟、そして、老中でもある伊勢久居藩主が繋《つな》がっていることが分かった今、八剣の抱いた疑いはもっともである。

と感じた。だが、そのことに坂下が直に関わっているかどうかは、また別の話だ。ともあれ、丹波も八剣たちと一緒になって、幕府の役人がやっている不正を暴く手伝いをすることになった。とはいえ、ただの神主に何ができるであろうか。できるとすれば、

「悪いことをしている人たちに、正直になって貰《もら》い、深く反省して罪を償って、真人間になって貰うことだなあ」

と思っていた。その心の内が分かったのか、八剣は、

「そんな奴は、なかなかいねえと思うぜ。特に、お偉い連中はタチが悪いからな」

苦笑いを浮かべた。

五

翌日、駒込《こまごめ》にある伊勢久居藩・下屋敷に出向いた八剣は、もう二年余り病床にある、藩主の兄・元綱《もとつな》に会いに行った。

寺社奉行支配寺社役兼大検使は、大名の家士でありながら、寺社地の事件に限り、目付を通さずに直に問答をすることができる。だが、用人の話でも、元綱は子供の頃から体が弱く、近年、労咳《ろうがい》も酷《ひど》くなったらしい。それゆえ、きちんと話すことが難しいという。

「労咳……ということは、隔離されているのですか」

八剣が訊くと、用人がいうには離れで暮らしているとのことだった。

それでも構わないから、一度、お目にかかりたいと、八剣は頼んだ。どうしても、訊いておかねばならぬことがあったからである。佐渡守からきつく言い含められているのであろう。用人は躊躇《ちゅうちょ》したが、

「拒めば、佐渡守様の立場が危うくなりますぞ。理由はどうであれ、長兄が継がぬは、

公儀の御定法に反することゆえな。よからぬ疑いがあると勘繰られることになるが？」

「えっ……」

「ご老中であっても、評定所からの要請は受けねばなりますまい」

「評定所……」

今で言えば、最高裁判所である。寺社役兼大検使が動いているということは、三奉行と大目付、目付も承知の上のことだと、用人は判断したのであろう。仕方なく、会わせることになった。

たしかに、元綱は病床に臥《ふ》せっていた。

ろくに日にも当たっていないのであろう。色白で、頬が瘦《こ》けるほどに瘦《や》せており、喉元《のどもと》などは老人のようで、哀れに見えた。しかも、容態は芳しくなく、嗄《しゃが》れ声で、話すことも辛《つら》そうだった。

「重綱とは異母兄弟ですがな……あやつは幼い頃から、聡明《そうめい》であった」

「…………」

「それに比べて、この私は……ごほごほ……」

兄弟といっても、一生のうちにそう何度も顔を合わせることはないから、特別な感情はないと付け足した。江戸にいるのも、国元に帰る元気がないだけのことだが、藤堂佐渡守は、この何年、見舞いにも来たことがないという。

「たしかにご病弱だったらしいが、佐渡守様が老中になられてから、また俄《にわか》に重い病になったと聞いております」

「いや、それは……」

元綱は首を振りながら、

「たまさかのことでござろう。見てのとおり、ごほごほ……役立たずですからな」

「そんなことはありますまい。体は生まれつき、お弱いらしいが、経世済民についてはご家言おありと家臣の方から聞き及んでおります。体調のよろしいときは、ご自身の考えや藩政のあるべき姿を書き留めておいでとか」

藩財政は厳しいが、武士には倹約令を発しつつも、領民にはひもじい思いをさせてはならないと言い、余った作物を城下の商人に引き取らせて売るなどして、徹底して百姓を救うように藩主に進言した。

寺子屋などを増やして、学問を奨励し、生きるための知恵や技術を教えれば、領民の心も豊かになると諭した。すべてが実現したわけではないが、元綱の信念である、

——上の者が下の者の利を奪ってはならない。

を実践していたのだ。さすれば、しぜんと藩の中が安んずるとして、困窮した藩が陥りがちな藩札を乱発するという愚行をせずに、飢饉《ききん》も乗り越えたことがある。

むろん、佐渡守の手柄となっているが、元綱とすれば、それで良かった。藩の安泰と領民の幸せが何より大切だからだ。

「たしかに、伊勢の領国は神宮が近いこともあって、気候も良いし、人々の暮らしも安定しているようなので、名君の誉れが高いですがね、元綱様……弟君を悪し様に言いたくはありませぬが、幕閣としてはいささか目に余る所業をしているとか」

「……」

「お耳に入ったことはありませぬか？」

八剣が覗《のぞ》き込むように見やると、元綱は聞いたことくらいはあるのであろう。辛そうに項垂《うなだ》れて、少し咳《せ》き込んだ。傍らで見ていた用人が思わず、八剣を叱責《しっせき》して近づこうとしたが、

「よいよい……」

と元綱が制して、八剣に向き直った。

「すまぬな……そこもとにうつしてはまずいゆえ、手短かに話すが、実は私も懸念していたことだ。重綱は私などよりずっと聡明で、決断力があり、統率力も並ではな

い」

「そうですかな……」

「さよう。幼い頃から、その片鱗《へんりん》はありました。しかし、父が我が儘《まま》に育てたせいか、随分と癇癪《かんしゃく》持ちでしてな。気にくわないことがあると、後先考えずに取り返しのつかぬことをすることがありました」

「取り返しの……」

「たとえ父の代からの重臣であっても、逆らう者は御役御免にしたり、御家を潰《つぶ》したり……ですから、怨《うら》む者もおりました」

「きっと、その我が儘を幕府内でも押し通そうとしているのですな」

「……何をやらかしたのですか」

「本当にご存じない」

「作事奉行と結託して、公儀の金を着服している件ですかな」

「知っていて、諫《いさ》めていないのですか」

「私の言うことなど聞くわけがない。それは単なる噂だと、一蹴《いっしゅう》されました……もっとも、私が直に会って話したわけではない。こういう体ゆえな、藩主にうつしてはならぬし、向こうから見舞いに来ることもないしな」

元綱が少し寂しそうに言うと、すぐさま身を乗り出した用人が、

「――私が殿にお伝え致しました」

と続けた。しかし、一切、聞く耳を持たず、もちろん知らぬ存ぜぬ。しまいには、万が一、そういう事実があれば、切腹するとまで佐渡守に断言されては、用人としては引き下がるしかなかったという。

「もし、事が発覚して、評定所で裁かれるとなれば、名門の藤堂家の名を汚すことになりましょう。まだ跡取りはおりませぬゆえ、藩のお取り潰しもあるかと……」

「いや、それだけは避けたい……避けとうござる……何とかなりませぬか、八剣殿」

「拙者は糾弾しにきたのではないし、その任にもない。ただ……」

「ただ？」

「一切合切を上様に正直に申し上げ、禊《みそ》ぎを受けさせれば、御家は安泰かと存じます」

「禊ぎ……でござるか」

「佐渡守の不正を知って、切腹をして事を知らしめようとした畳奉行もおりますが、今ならまだ誰も傷ついてはおらず、大きな事件にもなってはおりませぬ。つまりは、表沙汰《おもてざた》にせずに、神様の思《おぼ》し召しで片付けようというのです」

「神様……」

釈然としない顔で、元綱は八剣を見つめていた。何だかよく分からないが、事を大きくせずに善処するのが、八剣の役目だと理解したのであろう。

「そこもととは初めて会うたが、信頼できる気がする。もしかして、上様と深い関わりがある御仁なのですかな？」

「今は申し上げることができませぬ。ですが、かつて、伊勢神宮の神官によって、禊《みそぎ》祓《はらえ》を受けることで悪行を断ち、善行を行うようにしてきたことがあります。とかく、権力を持った者は己を過信して、まさに神仏を畏《おそ》れぬようになりますからな」

「まこと……改めて、私から重綱に文を届け、自らを清めるよう糺《ただ》しておこう」

元綱は毅然《きぜん》と言って、命ある限り説得するつもりだと力説をした。

「ありがたきことです。その前に……元綱様のお体も、心配です。なんとか、快復して貰《もら》いたく、祈禱《きとう》するために姫子島神社の禰宜《ねぎ》を呼んでいたのですが、まだ来ませぬな……」

振り返る仕草をしたとき、家臣に通されて、丹波が駆けつけてきた。

「遅くなりましてございます。江戸は不慣れなゆえ、道に迷いましてな。こういうとき、神様は何も教えてくれないのです」

と丹波は屈託のない笑みを浮かべた。白装束の神官姿のままである。

「若い禰宜だが、姫子島神社とな？」

「天照大御神《あまてらすおおみかみ》を伊勢に導いた女神で、倭姫命を祀《まつ》ってあります。日本橋にあるのです」

「さようか……で？」

「この霊水を飲んでいただき、祈禱をしたいと存じます」

「なんだか、怪しくなってきたな」

「お清めです」

「私が禊ぎをするのか、弟ではなくて」

「あれ？　八剣様、ちゃんと話してくれたのですか。本来、病というものは、人間の宿痾《しゅくあ》を消しさえすれば、良くなるのです」

「神仏を信じてはおるが、そういうのは、どうもな……」

ためらいがちに拒む元綱に、丹波は実に素直そうな笑みを浮かべて、

「神道においては、何よりも清浄が大切なんですね。禊ぎとは体に着いた汚穢《おわい》を洗い流して清らかにすることです」

黄泉《よみ》の国へ行った伊弉冉尊《いざなみのみこと》を追いかけた伊弉諾尊《いざなぎのみこと》が、その醜悪な姿を見てしまい、

慌てて逃げ出した。いわゆる冥府《めいふ》下りのとき、海に入って穢《けが》れを落としたことに由来する。本当ならば、白衣《びゃくえ》、白袴《しろばかま》、白鉢巻きで、〝祓詞《はらえことば》〟を唱え、鳥船《とりふね》行事や雄健《おたけび》行事と呼ばれる禊ぎをした上で、心身共に本然の姿を発揮するために、斎戒の行法を行う。

しかし、病床にある者などは自分で行うことができない。成り代わった神官が、呪《じゅ》力《りょく》をもって、心身を改善させるのである。祝詞《のりと》は神の発する命令の言葉であり、その言霊《ことだま》によって、良きことを実現させるのだ。

「元綱様は、ご自身が病弱な人間で、弟君や家臣たちに迷惑をかけていると思い込んでおいでです。それこそが、穢れている証《あかし》です。どうか、自らを苦しめないで下さい」

「しかし、弟は私のことを思って、薬を届けてくれておる。祈禱などよりは……」

効くと言った。元綱が神の力を侮ったわけではないが、すぐさま八剣が口を挟んだ。

「その薬も怪しいものですぞ」

「どういう意味です」

「あなたをさらに弱らせて、藩の一切合切を思うがままにしようという、重綱様の魂胆が見え隠れしています」

「そんなバカな……今でも、すべては重綱が仕切っておる」

八剣は用人に言って、元綱の枕元の薬を金魚鉢に入れさせた。すると、数匹いた赤い金魚が苦しみ悶《もだ》え始めた。だが、元綱は疑うことはせずに、人の薬が金魚にはきついだけであろうと言った。もちろん、弟が自分を陥れることが信じられなかったのだ。

「死に至らせることはないとしても、あなたにずっと病床にいて貰う方が、何かと都合がよいのです。清廉潔白な兄に口出しされては、色々な不都合が生じるでしょうからな」

説得するように八剣は、真摯《しんし》なまなざしで、

「この禰宜は若いのに、なかなかの霊力の持ち主なんです。藩のため御家のためにも、こいつの……いや伊勢神宮から参った禰宜殿の祈禱を受けてやって下され」

と頭を下げた。

「むろん、弟君の方にもいずれ、禊祓をして貰いますがな」

「さようか……私の体も治る、とな」

「屹度《きっと》、必ず」

八剣が頷《うなず》くと、元綱は静かに目を閉じた。

その前に礼法通り鎮座した丹波は、

「高天原《たかまのはら》に神留《かむづま》り坐《ま》す。神漏岐《かむろき》神漏美之命《かむろみのみこと》以ちて、皇御祖神伊弉諾尊、筑紫《つくし》日向《ひゅうが》の

橘《たちばな》の小門《おど》之阿波岐原《あわきがはら》に身禊祓《みそぎはら》い給う時に生坐《あれませ》る祓戸《はらえど》之大神等《おおかみたち》諸々禍事罪穢れを祓え給い清め給えと白《もう》す事の由を……」

と波のうねりのような韻律で、厳かな声を発しはじめた。

六

しかし、丹波の祈禱の甲斐《かい》なく、数日後、元綱は俄《にわか》に、重篤に陥った。「おまえが妙な水を飲ませたからだ」と藩から正式に抗議が来たが、丹波は自ら飲んでみせて、「これは実は解毒剤であり、〝何者か〟が長年かけて飲ませていた毒を緩和する、神宮伝来の薬草なのです」と反論したものの、佐渡守は老中の権限で、姫子島神社を徹底して調べるよう、寺社奉行に命じた。

だが、そもそも元綱が病がちであったことこそが、不自然だと思われる節があって、そのことが伊勢久居藩邸内でも噂になっていた。病がちであるならば、長兄の元綱は国元において療養させるべきところ、佐渡守が目の届く所に置いておきたいという意図が垣間《かいま》見えたからである。

つまり、元綱を身近で監視する必要が、藤堂佐渡守にあった。その訳とは、かねて伊勢久居藩に無理難題を押しつけている幕府の意向に、関わりがあった。

老中の立場にある佐渡守が、自藩に大変な事を命じるというのも妙な構造だが、これはよくあることだった。

たとえば、氾濫《はんらん》する河川の流路の付け替えや御三家の領内の護岸や干潟埋め立てなどの普請は、幕府からの命令で外様《とざま》大名が負わされることは多々あった。だが、その大変な普請などを引き受ける代わりに、幕府の重要な役職を与えられるのである。

佐渡守にしても、実態はそうであった。藩士や領民が犠牲になることで、佐渡守は老中という座を手に入れ、幕閣内での地位を高めてきたのである。

だが、元綱はかねて、そのやりかたに反対であった。上の者が下の者の利を奪ってはならないという信念ゆえ、領民を踏み台にして立身出世する弟を、切歯扼腕《せっしやくわん》の思いで見ていたのである。ゆえに、

──謀反を起こす動きがある。

と察した佐渡守が牽制《けんせい》するために、あえて目の届く所に置いておき、父の旧臣や兄の側近を元綱からなるべく遠ざけたのだ。

しかし、江戸在府の元綱は、なぜか八代将軍吉宗《よしむね》にその身を案じられていた。藤堂

高虎といえば、徳川家康《いえやす》と深い関係にあり、紀州《きしゅう》徳川家出身の吉宗としては気になっていたのだ。しかも、山田《やまだ》奉行をして伊勢支配による安泰を継続させてきた幕府としても、伊勢久居藩は重要な藩である。

山田奉行を務めていたことのある南町奉行の大岡越前守も病気見舞いに来たことがあるほどであった。もちろん、大岡は吉宗の腹心。将軍の代参であったことは言うまでもない。

表向きは、老中の兄を見舞うとのことだったが、本当は藩内で、

——隠している何か……。

を探るためであったと思われる。

元綱は、佐渡守に従わないどころか、幕府に対して密《ひそ》かに、不正を洩《も》らそうとしたこともあった。だから、少しずつ毒を盛られ、病にされた疑いもあった。

そんなある夜——。

南町同心の坂下が、岩松を捕縛した。だが、連れて来たのは、奉行所ではなく、向柳原の久居藩邸であった。藤堂佐渡守に直々に出迎えられて、岩松は驚きを隠せなかった。

「おまえが、半蔵の懐刀と言われた岩松か」

「へ、へえ……」

「義賊ぶっておったが、所詮《しょせん》は盗人《ぬすっと》。儂《わし》の手下になれば、悪いようにはせぬ」

「――ど、どういうご了見で……」

卑屈そうな態度でありながら、岩松の目の奥には用心深そうな鈍い光がある。小嶋と一緒になって作事奉行の不正を暴こうとしていることは、先刻承知のはずである。口封じされるに違いないと、岩松は勘ぐっていた。

「おまえにも一度だけ、機会をやると言うておるのだ」

「…………」

「信じられぬか。よほど辛《つら》い目に遭ったとみえる。だが、案ずるな。おまえのことを助けてくれる、心強い仲間がおるゆえな」

「仲間……？」

佐渡守が手を叩《たた》くと、隣室に控えていた男が襖《ふすま》を開けて姿を現した。がっちりとした体つきで、髭面《ひげづら》の浅黒い顔に、岩松は見覚えがあった。思わず身を乗り出しそうになったが、佐渡守が制するように、

「驚いたか、岩松……」

と声をかけた。

隣室に控えていたのは、〝葛籠《つづら》の半蔵〟であった。むろん、勝手に名乗っているだけで、かつては岩松の配下のひとりであった、笠五郎というケチな男だ。

「偽の〝葛籠の半蔵〟とは、おまえだったのか……」

「ご無沙汰《ぶさた》しておりやす、岩松兄貴」

「おまえに兄貴呼ばわりされたかねえや。あの大雪の晩、深川八幡宮《はちまんぐう》の裏手のお堂にこもって捕方に取り囲まれたとき、おまえが真っ先に逃げたこと、俺ア忘れちゃいねえぜ」

「………」

「半蔵親分は町方に追われている途中、足に痛手を受けて動けないでいた。それを見捨ててトンズラこいたこと、あのときの仲間たちゃ、どうでも許せねえってよ」

「そんときの仲間とやらが、今のあっしの手下でさ」

「なに……⁉」

「義理や人情もいいですがね、兄貴。世の中、俺たちのようなはぐれ者が安穏と生きていけるほど甘かねえ。長いものには巻かれろと言うだろうが。ねえ、兄貴。ここにおわすが佐渡守様は、俺たちが一生かかっても、お目にかかれねえ御仁だ。その御仁が後ろ盾になってくれるんだから、こんないいことはねえ」

「それこそ甘いな、笠五郎……利用されて殺されるのがオチだ」

岩松は反吐《へど》を飛ばすように言った。

「この御仁とやらの手下をやってるなら、重々承知しているのだろうが、おまえたちが盗んだ金はぜんぶ、賄賂《まいない》とやらに消えている。自分がずっと老中で居続けるための資金にされてるんだ」

「……」

「そのせいで領民は苦しみ、まっとうな役人を葬ろうとさえしてる。それでいいのか、笠五郎ッ。半蔵親分に顔向けができるのか」

今にも摑《つか》みかからん勢いで、岩松が声を荒げたが、

「今更、何を善人ぶってるんでやす。人に恵んでやるために盗もうが、てめえの腹肥やしに盗もうが、盗みは盗みだ。親分だって兄貴だって、一括《ひとくく》りにすりゃ盗人に間違いないじゃございやせんか。そういう偽善のことを、臍《へそ》で茶を沸かすってんですぜ」

「なんだとッ」

腰を浮かした岩松の肩を、坂下がぐいと押さえ込むと、笠五郎は小馬鹿にしたような顔を向けて続けた。

「資金集め、結構じゃございやせんか。いつまでも、御老中で居続けて貰《もら》わねえと、あっしらも、やりにくくてしょうがねえ」

岩松は坂下の腕を振り払って、笠五郎に殴りかかろうと思ったが、寸前で止めた。

「どうしたんでやす、兄貴。どうぞ、殴って下さいよ。昔みてえに、ヘマをしたときに殴ったように、さあ……さあ！」

「…………」

「怖くてできねえんだ。御老中様の目の前だ。すぐにバッサリ斬られやすからねえ」

「そうじゃねえ……」

拳《こぶし》を下ろした岩松は、じっと笠五郎の目を見つめながら、

「おまえの……ガキの頃の情けねえ面を思い出しちまってよ……道端に落ちてる饅頭《まんじゅう》の泥を丁寧にぬぐい、溝《どぶ》の水で洗って、美味《うま》そうに頬張ってた……ありゃ、腐ってたかもしれねえ。でも、おまえは実に美味そうに、何度も嚙《か》みしめるように食ってた」

「覚えてねえ」

「聞けば、蜆《しじみ》売りの父親は辻《つじ》斬りに殺され、母親は若い男と逃げた……そのおまえを、半蔵親分は拾って、子供のように可愛がった。躾《しつ》け係はこの俺だ……一人前の〝盗人〟にしてやっから、腐った性根にだけはするなって、親分から言いつかってた」

「…………」

「おまえはさっき、一括りにすりゃ盗人だと言いやがったが、食うために盗みをしたくても、体が動かないほど貧しい奴もいるんだ。捕まれば島流しになるから、何もしないで我慢してる奴もいる……そんな奴らに成り代わって、親分は盗みをしてた……おまえみたいに哀れな身の上の奴のために、親分は心を鬼にして盗み働きをしてたんだ」

「…………」

「親分が贅沢《ぜいたく》のひとつでもしたのを見たことがあるかい。ねえだろう。余った金は、元の蔵に返すこともあった。そういうお人だったんだよ」

「今度は泣き落としですかい。けどね、いくら理屈を捏ねても、盗みは盗みだ。あっしは、地獄に堕《お》ちる覚悟で、ああ、この身を焼き尽くす覚悟で、佐渡守様の下で働くと誓ったんだ」

「笠五郎……てめえ、親分の恩を忘れたってえのか」

「逆だよ。親分に叩き込まれた腕と度胸を、天下国家のために使ってるんじゃねえか」

「天下国家、だと？」

「そうじゃねえか。御老中様の手先だぜ。兄貴みたいな、しょぼくれた盗みとはケタが違うんだ。だから、どうだい。今度は俺が、兄貴の面倒を見てやっからよ。俺たちの仲間になんねえか。どんな錠前でも開けちまう、その腕はまだ衰えてねえだろう？」

「断るッ」

「意地を張るなよ。御老中様が金を手にして誰が困るんだ？　つまらぬ無駄遣いをしている輩《やから》より、世のため人のためになると思うぜ」

「難しいことは分からねえ……でも、人でなしに政事をやって貰いたくねえな。俺たちが盗みをするのとは話が違う。御老中自らが盗賊の頭の真似事とは、恐れ入谷《いりや》の鬼《き》子母神《しもじん》ってやつだ」

「…………」

「これじゃ、伊勢久居藩は、お取り潰《つぶ》しになっても可笑《おか》しくはねえ。それで、困るのは領民だわな」

「さよう……」

佐渡守がニンマリと笑って、口を挟んだ。

「そうならぬよう、おまえには気の毒だが、笠五郎の代わりに死んで貰うしかない」

「！……」

「儂《わし》と〝葛籠の半蔵〟こと笠五郎との関わりを、そのまま元綱とおまえの仲にすり替える。その上で、病弱な元綱を、評定所に差し出せばよい。奴が藩主になれない腹いせに、盗みを働いていたことにすれば、元綱の切腹で済む。どうじゃ、いい考えであろう、坂下」

自分に振られて、坂下はゴクリと生唾《なまつば》を飲んだ。今更ながら、こんな事態になろうとは、思ってもみなかったからである。

坂下は町人たちには、同心の立場を利用して袖《そで》の下を求めているが、目の前で繰り広げられる裏事情には、度肝を抜かれていた。坂下はただ、岩松が〝葛籠《つづら》の半蔵〟の手下だから捕らえて、親分を探し出す手立てにしたかっただけである。

町奉行所に連行せず、老中直々に会わせたのは、

——幕府の重要な密書を盗んだ疑いがあるゆえ、佐渡守自らが尋問したい。

と用人を通して命じられたからである。もちろん、老中に拝謁し、出世の足がかりとする助平心もあったが、本当に〝葛籠の半蔵〟を捕縛したい一心だった。その半蔵と老中が繫《つな》がっていたとは、俄《にわか》に信じられなかった。

「あ、あの……」

坂下が不安な顔つきになると、佐渡守はギロリと睨《にら》みつけて、

「不都合でもあるのか？」

「いえ、ですが、その……私には気になることが、ひとつ……あ、あります」

慎重に言葉を選びながら、坂下は言った。あえて反論しなかったのは、下手に逆らうと、この場で岩松共々、殺されると察したからである。佐渡守の逆鱗《げきりん》に触れることだけは避けたかった。

「なんじゃ。有り体に言うてみろ」

「た、畳奉行の小嶋雄之助様が、色々と探索をしておりますれば……」

「だから、なんだ」

「その小嶋様には、寺社役の八剣竜之介がついており……ご老中のことも調べ上げている節があって、その……すべて見抜いていて、あえて、この岩松に近づいたのやも……」

「だったら、おまえが八剣とやらを始末せい。大手柄にしてやるわい。金もな」

佐渡守はポンと封印小判を、坂下の目の前に放り投げた。

「あ、でも……」

「何を迷っておる。さあ、取れ……いずれ、この儂が天下人。遠慮はいらぬ」

「天下人……？」

「余計な詮索《せんさく》はよい。先に褒美をやると言うておるのだ。さあッ」

強引に迫る佐渡守の顔つきは、異様なほど醜く歪《ゆが》んでいる。渋々だが、坂下は封印小判を手にして懐に入れた。

「おまえが岩松をここに連れてきたということは……そういうことだ。そこな〝葛籠の半蔵〟とも仲間になったということだ。しかと心得よ」

「――は、はい……」

坂下が仕方なく頷《うなず》きながら、額に噴き出した汗を拭《ぬぐ》うと、笠五郎は鋭い日を向けて深々と頭を下げた。

「では、坂下様。早速……お願いがございますれば」

七

佐渡守の藩邸を後にした坂下は、南町奉行所まで駆けて、とにかく大岡越前守にすべてを打ち明けようと考えた。今般のことで、自分も何か咎《とが》めを受けるかもしれぬ。だが、ずるずると老中の仲間にされることが怖かったのだ。

町木戸が閉まる刻限だが、坂下の顔を見るなり木戸番は潜り戸から通してくれた。振り返ると黒い影がある。明らかに追っ手が放たれているようだ。撒《ま》くために遠廻《とおまわ》りをしようと思った。何処かで待ち伏せされているかもしれないと不安に駆られながらも、とにかく奉行所に急ぐしかなかった。

細い路地を抜けたときである。ふいに、数人の浪人が立ち塞《ふさ》がった。

「!……」

恐怖心よりも、少しばかり怒りが湧いてきた。坂下とて腕に覚えはある。だが、身構えるよりも先に、相手は勢いよくバッサリと斬りかかってきた。一寸を見切って避《よ》けて、

「佐渡守の手の者だな!」

と坂下は刀を弾《はじ》き返したが、浪人たちは次々と打ち込んできた。いずれも手練《てだ》れのようだったが、殺すならば何故、屋敷内でしとめなかったのかと思った。

「おまえが、裏切るかどうか見たまでだ」

浪人の頭目格が険しい顔つきで、猛然と打ち込んできた。鍔迫《つばぜ》り合いをしながら、坂下は必死に押し返して、

「残念だがな……俺はそれほど悪党じゃねえんだッ」

「岩松が死んでもいいのか」

藩邸に残してきたままである。坂下は岩松を人質として、小嶋と八剣を殺すよう命じられたのだった。

「知るか！」

「ならば遠慮なく殺す」

「奴も不正を暴くつもりだったんだ。そのくらいの覚悟はできてるだろうぜ」

他の浪人たちが、坂下の背後から斬り込もうとした。その刀がカキンと弾かれた。

横合いから、素早く攻めてきたのは、八剣だった。

「誰だッ――」

「おまえらに名乗る名はない。帰って、バカ老中に、その首が飛ぶぞと伝えておけ」

「なに！　貴様も一緒に、成敗してやるわ！」

言い終わらぬうちに、浪人たちが一斉に躍りかかったが、八剣の目にも留まらぬ速さの太刀が、次々と浪人たちの刀を弾き飛ばした上に、ひとり残らず髷《まげ》まで切られていた。ハラリと落ち武者のような髪になった浪人たちは、慌てふためいた。

「次は鼻が飛ぶか耳が飛ぶか」

うなる豪剣と、鋭く剔《えぐ》るような目になった八剣を見て、「うわッ。なんだこいつ。

逃げろ！」と絶叫しながら、浪人たちは這々《ほうほう》の体で立ち去った。

「口ほどにもない奴らだ。なあ、坂下の旦那《だんな》……」

と振り返った八剣を、坂下は股間《こかん》に手をあてがったまま呆然《ぼうぜん》と見ていていた。どうやら、洩《も》らしたようだが、武士の情け、八剣は何も言わなかった。

そのまま、姫子島神社の社務所に連れて行かれた坂下は、そこで待っていた丹波に、

——佐渡守と半蔵を名乗る笠五郎が、大変な事態を引き起こそうとしている。

と伝えた。

伊勢屋の隠居・光右衛門とスセリ、そして、お熊も同席しており、小嶋も身を乗り出すように聞いている。

「江戸城に押し込もうってのかね」

光右衛門が事もなげに言った。大奥を含めて、城中の畳替えをするのだから、盗賊一味をその職人らに混じらせておくことは、老中差配として容易なことであった。

「そのとおりだ……手引き役は、佐渡守自身なのだから、できぬことではあるまい。番人の伊賀《いが》者たちも、老中支配ゆえな……だが、それだけではない」

「なに？」

鋭く向き直った八剣に、坂下は言った。

「もしかしたら……いや、これは、あくまでも俺が察したことでしかないのだが……城中で執り行われることになっている奉射祭《ぶしゃさい》において、上様が狙われるやもしれぬ」

本来ならば、正月に行われる行事だが、城中では特別に、能楽と併せて行われるとのことだった。

「さもありなん」

八剣は冷静に答えた。

「腹違いとはいえ、実の兄を毒殺せんとする鬼夜叉《おにやしゃ》だ。将軍に取って代わろうと考えていても不思議ではあるまい」

「まさか、そりゃ、幾ら何でも無理でしょ」

スセリは笑ったが、光右衛門は真顔のままで溜息《ためいき》をつき、

「いや……佐渡守なら、ないとは言えないな。何しろ、幕府の御定法の見直しを、上様直々に命じられ、御定書百箇条《おさだめがき》の編纂《へんさん》にも立ち会っている。その上、公儀と諸藩の繋《つな》ぎ役である奏者番などを廃して、老中が中心となって、上意下達を徹しようとしている」

「どういうこと？」

首を傾げて、スセリが聞き返すと、今度は八剣が答えた。

「幕府と三百余藩とは、形の上では対等に同盟を結んでいるのだ。あくまでも、諸藩の独立を認め、その合議の上で幕政が行われるということだ。ゆえに、公儀普請などにおいても、命令ではなく、頼む形になっている」

「へえ。将軍様が一番偉いのだと思ってた」

「もちろん、一番偉い。朝廷から政事を任されているのは、将軍ゆえな。しかし、藩はそれぞれの領国で年貢を取り立て、藩なりの政事をしている。幕府が立ち入る隙はない」

「それを、文句が言えるようにするとでも？」

「スセリ……そのとおりだ。つまり、日本中の藩領を天領同然に扱い、藩からも年貢を吸い上げ、傾いた財政を立て直す考えなのだ」

「ちょっと待って下さい」

いつも穏やかな丹波が、難しい顔に変わった。

「佐渡守の考えは、どうもよく分かりませんね。財政の話ならば、横領したり、盗みなんぞしなくても、きちんと上様と話し、諸藩の藩主と話せばよいことではありませんか」

「善悪の見境がなくなって、何もかもを自分の手に収めたいのでしょう。権力の魔性とはそういうものです」

光右衛門がそう答えた。

「人々の暮らしなんて、どうでもいい。誰も彼もを思い通りに動かせるように、自分に隷属させたいだけなんですな」

「それにしても、やり方が汚い」

「奴らには綺麗《きれい》も汚いもないのでしょうな。自分さえよければいいのです」

「でも、老中といえば将軍の次に偉く、幕政の実権を握っているのですから、それ以上、武家として何を望めましょう」

「合議もしたくない。自分が将軍になることです。いや、自らが、神になりたいのかもしれませんな」

「八百万《やおよろず》の神様たちは、決して人々を支配したりしません。人々が平穏に暮らせるお膳立《ぜんだ》てをしてくれているのですよ。為政者は、その神様のように振る舞うべきですよね」

丹波の純真な子供のような言い草に、苦笑して顔を見合わせる光右衛門と八剣を、スセリも見ていて、

「こりゃ、やはりとんだ世間知らずだ」

と言うと、お熊も笑った。

「だねえ……お坊ちゃま。神様のような為政者がいたら、誰も苦労はしませんよ。古来、神様たちは働き者だ。せっせと川の水を綺麗《きれい》にし、田や畑には穀物ができるようにしてくれ、森には果実が生《な》るようにし、明るく澄んだ空を与えてくれてる……その恩恵を、佐渡守のような奴は忘れてるのさね」

「では、お熊さん。あなたたちは、どうしようというのです？」

「もちろん、猛省して貰《もら》うんですよ」

「佐渡守に？」

「ええ。少しばかり痛い目に遭わせてもいいんですがね。悪いことをした者を罰するってのは、人間の考えだ」

「許してあげると？」

「過ちを犯したときは、ひとりで悩むのではなく、みんなで一緒に考え、解決してあげようというのが、神様の考えだよねえ」

「そうです」

「釈迦《しゃか》に説法、いや神に説教かもしれませんがねえ、あらゆる罪の中で、〝天《あま》つ罪《つみ》〟が最も重いとされてる。田んぼに引く溝を埋めたり、他人の畑を奪ったり……まさに、佐渡守は〝天つ罪〟を犯している。でも、素戔嗚尊《すさのおのみこと》が大暴れして高天原で犯した〝天つ罪〟でも、大祓《おおはら》いによって許された……その機会を、佐渡守のような悪党にも与えるってことが大事なのさ」

「なるほど、なるほど。反省とは、悔い改めるだけではなく、新たに前向きになって貰うことですものね」

「おっしゃるとおり。私たちは、罪人《つみびと》を少しでも心安らかに、目には見えないかもしれないけれど、八百万の神様とともに生きていく道を選んでくれることを望んでいるんだ。そのためには、少しくらいのお仕置きはやむを得ないわけよ」

「お仕置き……」

「そうよ、禊祓《みそぎはらえ》をしてね。それでも、懲りない奴らには、少し痛い目に遭って貰う……私たちだって、誇れるような生き方はしてないけれど、少なくともお天道様《てんとう》に顔向けできない暮らしはしてないつもり。そんな簡単なことを、佐渡守にも分かって貰いたいだけさね」

「…………」

「知ってのとおり、〝国《くに》つ罪《つみ》〟という飢《き》饉《きん》や天災地変であっても、誰かが犯した穢《けが》れが災いをもたらすのですからね。それもまた、佐渡守のせいかもしれないしねえ」

意味ありげに哄笑《こうしょう》するお熊に、光右衛門が声をかけるや、

「それじゃ、ここらで、八岐大蛇《やまたのおろち》の大退治といきますか」

チョンと柝《たく》を打った。

すると、八剣が見得を切るように両手を掲げて、

「破魔矢縁起禊《はまやのえんぎみそぎ》の段。アッ、仕上げをご覧《ろう》じろ」

と、ふざけてみせた。

丹波はますます不可解な顔で、氏子たちを眺めていた。

八

火の用心の声と拍子木が、町のあちこちで聞こえていた。俄《にわか》に風が強くなってきて、火事になりそうな昼下がりである。

姫子島神社の鬱蒼《うっそう》とした樹木の枝葉も激しくこすれて、異様な音がしている。

その本殿の中では、丹波が真剣なまなざしで、大祓祝詞《おおはらえののりと》をあげていた。傍らでは、スセリも真剣なまなざしで御神酒《おみき》などで清めている。

一方――。

伊勢久居藩の江戸上屋敷では、坐禅《ざぜん》を組むように瞑想《めいそう》していた佐渡守が、遠くで鳴り響く半鐘の音にギクリとなった。

障子戸を開けると、吹き止まぬ風が猛烈に吹き込んできた。同時に、数人の家臣たちが慌てた様子で、廊下に駆けつけてきて、

「殿！　市中の広い範囲で半鐘が鳴り響いております」

「火事は何処だ」

「それが、火の手は何処にも上がっていないよし……妙な塩梅《あんばい》です」

火事でなくても、異変が起きたときには、火の見櫓《やぐら》の半鐘が鳴らされることになっている。だが、その場合は、鐘の鳴らし方も火事のときとは違うし、江戸市中で一斉に鳴るなどということはないはずだ。

「しかし、殿……この風です。何処で何が起こるか分かりませぬゆえ、我が藩は大名火消しとして出向かねばなりませぬ」

「良きに計らえ」

ハッと家来たちが立ち去ると、佐渡守は深い溜息《ためいき》をついて襖《ふすま》を閉めた。

すると人の気配がしたので、素早く床の間の刀を手にし、隣室に続く襖を開けた。

すると、そこには小嶋雄之助がぎらついた目で立っていた。

傍らには、なぜか弓立てがある。

「うぬッ。おまえは畳奉行の……どうして、ここへ」

「覚えてくれていましたか」

「何をしておるッ」

小嶋は腰の刀に手をあてがい、緊張の面持ちだったが、吹きすさぶ風の音のせいか、佐渡守の胸に不安がよぎった。

「江戸城中での奉射祭……実に楽しみでございますな。私が弓矢鑓《ゆみやり》奉行だったことは、覚えて下さっていますか」

「……」

「何十もの奉行職があるのですから、一々、顔なんぞご存じありますまいが、この腕を買われて一度だけ、上様の御前で〝梓御弓《あずさのおんゆみ》〟を射たことがあるのです。もちろん、御老中様もその場においでになりました」

「……」

「丁度、今日のように風の強い日でしたが、的を外すわけにはいきませんから、心が張り詰めていました。まさに、弦《つる》をめいっぱい引いたときのようにね」

弓は、『古事記』や『日本書紀』にも記されているほど古くから、野鳥や獣を獲《と》ったり、戦で武器にしたり、あるいは神事に使われていた。梓御弓は神宝として神社に納めるもので、実際に射るものではない。

だが、実際に使えるように、御弓師によって作られている。弓幹《ゆがら》は一本の頑丈な木から削り出し、漆糊《のり》で麻緒を張って、一夏寝かしたものを、さらに砥石《といし》で研いで、また漆を塗って乾かすということを二十数度も繰り返す。なんと、一張りの御弓を作るのに二年もかかるのだ。

そんな名器で、魔を祓《はら》う鳴弦の儀式から、天地四方に矢を放ち、大的を狙って射ることで吉凶を占うことまで、一気にこなすのが、小嶋の腕前の見せ所だった。

間合いを取りながら、傍らに立てかけてあった弓を手にして、ギリギリと弓を引いて、鏃《やじり》を佐渡守に向けた。

「！——何をするッ」

思わず避《よ》けようとしたが、障子戸を背にして立ち尽くすしかなかった。わずかでも動けば、すぐに射られるであろう。しかも、至近であるから、外れるわけがない。

「子曰《いわ》く、射《しゃ》は君子に似たること有り。諸《これ》を正鵠《せいこく》に失すれば、諸を其《そ》の身に反求す」

「やめろッ……」

「弓術は立派な人によく似ている。なぜならば、小人は的を外したときに、道具が良くないとか、風が強かったとか、言い訳ばかりをするが、君子は己が未熟だったと反省して、人を咎《とが》めることはありません」

「…………」

「御老中もそういう立派な御仁だと思います。ですから、誰のせいにもせず、すべては自分の愚かな所行と悟って、潔く致しませぬか」

「どういう意味だ。切腹でもせよと言うのかッ。儂《わし》は何もしておらぬぞ」

「それがもう、この弓とは違いますな」

「だ、黙れッ。貴様、な、何をしておるのか、分かっているのか！」

思わず手にしていた刀を抜き放とうとした瞬間——。

ブンと矢が放たれて、佐渡守の顔面を掠《かす》めるようにして、背後の障子戸の細い枠に突き立った。それほど正確な腕前だということだ。刀を落とした佐渡守は咄嗟《とっさ》に目を閉じて、わなわなと震えるだけだった。

ゆっくりと目を開けたときには、すでに小嶋は矢を継いでいる。

「ひい……よ、よせ……」

「私もかような真似をしたくはありませんが、何度陳情申し上げても、聞く耳を持って下さらなんだ。作事奉行の堀部様も、やりたくもないことを、御老中に命じられれば従わざるを得なかったと申しております」

「………」

「葛籠《つづら》の半蔵を騙《かた》る笠五郎のような、人殺し盗人《ぬすっと》を使っての悪行は、二度とせぬとこの梓御弓にお誓い下され。姫子島神社のこの弓……決して、お咎めはなさいますまい」

「ふ、ふざけるな……」

佐渡守は性懲りもなく、脇差《わきざし》に手をかけ、斬りかかろうと身構えながら、

「ええい！　出会え、出会え！」

と悲痛な声で叫んだ。

途端、障子戸が開いて、廊下から踏み込んできたのは、数人の家臣たちであったが、抜刀した刃《やいば》は佐渡守に向けられた。

「！……」

その背後から、八剣に支えられながら、元綱が姿を見した。憔悴《しょうすい》した表情だが、病弱だからではなく、弟のあられもない姿を悲しんでいるからだった。

「あ……兄上……!?」

元綱は寂しそうな顔で、小さく頷《うなず》いて、

「死んではおらぬぞ……禰宜《ねぎ》の丹波殿が助けてくれた……今頃は祝詞をあげてくれておるであろう……」

と言うと、八剣が続けて、

「半鐘に引かれて、ご家来衆は火消しに出向いたようですな」

「ま、まさか、おまえたちが鳴らしたのか……」

「そんなことよりも、元綱様の話を、よくお聞きなさるがよろしかろう」

八剣が前に押しやると、穏やかなまなざしで、元綱は話し始めた。

「私も知らなかったことだがな、重綱……この八剣殿には、事が大きくなる前、悪いことが起こる前に、沈静する役目があるそうだ。幕府の役職ではない。神の使いとして、心に巣くう魔物を取り除いてくれるのだ」

「魔物など……」

まだ言い逃れしそうになる佐渡守を、元綱は凝視して、

「野心はよいことだ。良き政事をするには、人よりも強靭《きょうじん》な心と実行する力が要るゆえな。おまえには生来、備わっていた。しかし、この矢のようにまっすぐな野心ならばいいが、歪《ゆが》んでしまうと的外れなことばかりするようになる」

「…………」

「今のおまえがそうじゃ……だが、重綱の心、分からぬでもない。私が病弱で不甲斐《ふがい》なかった故、父上はおまえに多大な期待を寄せ、母親も早くに亡くしたから、そのぬくもりも知らぬまま育った……」

「関わりなきこと……」

「これ以上の悪行を重ねれば、おまえひとりでは済まぬ。藩はお取り潰《つぶ》しになり、家臣とその親兄弟、そして領民は塗炭の苦しみを味わうことになろう」

「…………」

「だが、今ならまだ間に合う……神はお見捨てにならなかった……一度、老中の座を捨てるがよい。さすればまた、新たな綺麗《きれい》な気持ちで幕政を執り行うこともできよう……いや、おまえは、老中などよりも、伊勢の小さな藩を営むのが、向いていると思うのだがな」

元綱はゆっくりと佐渡守に近づき、縋《すが》るように言った。

「頼む、重綱……何事もなく事を収めぬか……神様は決して咎めぬ」

「…………」

「この年になって、よく思い出すが……私は、腹違いだからという理由で、おまえに辛《つら》く当たったかもしれぬ……済まなかった」

頭を下げた元綱は、佐渡守の手を握りしめて、

「こっちはいつも布団の上で暮らしているのに、おまえは元気に外で遊び廻《まわ》り、いつも日焼けして、羨《うらや》ましかった……剣術も相撲も強かったし、小さな頃から、学問もよくした……父上が可愛がるのも当たり前だ。私は心の何処かで、嫉妬《しっと》していたのかもしれぬ」

「………」

「許せよ、重綱……」

「身共こそ……病がちな兄上なんぞ、いなければよいと思っていました……こんな兄上が藩主になって、自分が一生、部屋住みになるのかと思うと……たまらなかった」

「………」

「だから、自分が藩主になる限り、兄上が絶対にできないことをやろう……そう心に誓っていたのです」

佐渡守も力を込めて手を握り返し、

「それが、いつしか……我欲ばかりが強くなったのかもしれませぬ……」

と消え入るような声で言って、俯《うつむ》いてしまった。

それから、ふたりは何も語らず、しばらく押し黙ったまま、手を取っていた。何十

年ぶりかに握りしめた手のぬくもりを、お互いに確かめ合っているようだった。

打ちひしがれた顔になった佐渡守に、八剣は言った。

「どうやら、丹波の禊祓《みそぎはらえ》が効いたようだな……これからは、ふたりして、梓御弓のように、まっすぐな政事を頼みましたよ」

深々と一礼をして、八剣は立ち去った。

その夜――。

姫子島神社の神殿の中で、祈禱《きとう》に疲れた丹波はそのまま気を失って倒れていた。

傍らでは、スセリが扇子であおぎながら、呆《あき》れ顔で看《み》ている。

「なんだ、こいつ……根性なしだなあ……ほんとに神様の血が流れてるのか？」

「むにゃ、むにゃ……」

寝返りを打った丹波の手が、スセリの胸の膨らみに触れた。

「おいッ。どさくさに、何すんだよ」

「むにゃ……」

「……まったく、もう」

スセリは憮然《ぶぜん》としながらも、仕方がないという表情で、丹波の頭を自分の膝《ひざ》に乗せてやるのだった。

佐渡守が老中を辞職し、国元に帰ったのは、その翌日のことだった。自ら隠居し、元綱を藩主に立てて、黒子《くろこ》に徹するとのことだった。むろん、堀部も自ら無役になり、笠五郎も旧悪が暴かれて遠島となった。

小嶋は〝畳替え〟の後は、弓矢鑓《やり》奉行に返り咲いたが、将軍上覧の儀式で的を外したために、また畳奉行に戻ったという。適材適所ということであろう。

めでたいことに、姫子島神社の境内にも参拝客がちらほらと返り咲いていた。

第三話　貧乏神

油屋『正直屋《しょうじきや》』の主人・忠八《ちゅうはち》は、齢《よわい》五十になるが、年よりずっと老けて見えた。長年、量り売りをするため、随分と遠くまで出商いをしていたからであろうか、腰も少し曲がり、膝《ひざ》も痛んでいた。

女房のお久《ひさ》も、長年の苦労をかけたせいか、突然、病に倒れ、ろくに身動きができない体になってしまった。医者が診ても、何が原因かは分からない。みるみるうちに瘦《や》せ細り、日々、衰弱しているようにしか見えなかった。

「おまえさん……こんな体になってしまって……すまないねえ」

声にも張りがなくなり、蚊が鳴くようにしか聞こえなかった。

長年、体を酷使したこともあるだろうが、お久の体を蝕《むしば》んだのは、仕事ではなくて、子供たちのことで気持ちが萎《な》えたのであろうと、忠八は思っていた。

ふたりは、男の子と女の子を授かったが、長男の祥吉《しょうきち》は、やくざな男と付き合ったがために、喧嘩《けんか》に巻き込まれて死んだ。それが二年前のことである。続いて、妹のおみよは、親ほども年の離れた男と、駆け落ち同然に江戸から逃げて、不義密通の罪で追われる身となっている。

親の躾《しつけ》が悪かったといえば、それまでだが、なぜ立て続けに不幸が訪れるのか、忠八には理解できなかった。ただただ我が身を呪うしかなかった。

「おまえのせいじゃないよ、気に病むことはない。精一杯、養生して、元気になってくれ。それだけが俺の願いだ」

自分を責めるお久の手を、忠八はぐっと握りしめて、必死に慰めた。だが、お久は腹を痛めた子供に襲いかかった思いがけぬ運命すら、自分のせいだと責めていた。

「私が悪かったんだねえ……祥吉もおみよも、小さい頃はあんなに素直で可愛かったのに、母親として、ろくに相手をしてやらなかったばっかりに」

「そんなふうに言われちゃ、おまえを仕事に駆り出していた俺のせいになっちまう。ああ、本当に俺が悪かったんだ」

「いいえ。私がもっとしっかりしておけば……」

「うんにゃ。俺が不甲斐《ふがい》ないばっかりに」

　悔やんでも仕方がないが、自責の念に駆られたふたりは、同じ言葉を繰り返して、帰らぬ時を手繰り寄せようとしていた。心にぽっかりと穴が開いたまま、初老を過ぎた夫婦は静かに過ごしていた。

　とはいえ、蓄えがあるわけじゃなし、暮らしはままならぬから、忠八は今日も油桶《あぶらおけ》を担いで、馴染《なじ》みの長屋を練り歩いた。

　古くからの付き合いの人の中には、年老いて死んでしまった者もいる。若い油売りが廻《まわ》ってくるようになったから、忠八の客も少しずつ減ってきた。体が衰え、動きも鈍くなるし、客も苛々《いらいら》しているのが分かる。若い夫婦とは話も合わなくなるので、忠八はふいに疎外感を味わうようにもなった。

　売り上げもどっと落ちるが、夫婦だけならなんとか暮らせる。だが、薬代もバカにならず、忠八は担いで出た油は、なるべく残さぬように頑張るのだった。

　帰り道、姫了島神社に立ち寄ることがあった。

　最近は、境内に入って、わずかな賽銭《さいせん》を投げ入れ、鈴を鳴らして柏手《かしわで》を打つだけのことだが、今日は何故か、恨み言のひとつも言いたくなった。間もなく日が暮れる。人影がないのをいいことに、

「神様……どうして、私だけが、こんなに不幸なんでしょうか」

と言ってしまった。

心の底から思っていたわけではない。たしかに息子の不幸もあるし、娘も思い通りにならなかった。しかし、振り返ると、自分は犯罪に手を染めるようなことをしなかったし、女房や子供、そして友だちから信頼を失うようなこともしなかった。これは、概《おおむ》ね、よい人生であった証《あかし》だ。

しかし、老境に入る直前になって、何もかも崩れ落ちたかのように、我が身に起こったことが、忠八にはどう考えても不公平にしか思えなかったのだ。

誰かと比べたわけではない。ただただ、屋号のように、真面目に働いてきただけだ。それでも、あまりにも余所《よそ》と違いすぎる。隣近所の商売人の家からは、夜になると一家団欒《だんらん》の声が聞こえてくる。そろそろ孫のいる年頃だから、赤ん坊の声もする。

——こんなに一生懸命に働いてきたのに、どうして、なぜ……。

という思いがよぎった。

しかも、忠八は大金持ちではなかったが、それなりに困った人々や貧しい人々の力になってきた自負がある。ときには、自分たちの暮らしを切り詰めてでも、友人知人のために金を差し出し、よりよい暮らしになるよう尽力を惜しまなかった。

陰徳を積みなさいというのが、亡き父親の遺言だった。

「悪い奴は、人が見てない所で悪さをする。善い人は、人が見てない所で善いことをする。そのいずれも、神様は見ている」

東海道の三島《みしま》宿で、木綿などを扱う商人だった父親の伝五郎《でんごろう》が、常々、繰り返し言っていた言葉だ。

その父親が、また忠八に輪をかけたお人好《よ》しだった。名主でもあったから、町内の人たちは子供も同じだとばかりに、必要ならば幾らでも金を貸し与えた。もちろん、形《かた》などありはしない。しかも、催促もせず、ある時に返すだけの適当な約束だった。

そんな善意に付け込んだわけではないだろうが、困ったことを次々と持ち込まれた。それでも、伝五郎は先祖伝来の田畑を売り払ってまで救済しようと心がけた。

お陰で財産という財産は失くなり、その煽《あお》りで商売が傾き、店をたたむしかなかった。そして、不遇の中で病死し、母親も後を追いかけるように極楽へと旅立った。

散々、善行をしてきたのだから、極楽へ行ったことは間違いない。忠八はそう思っていたが、葬式に来た人はほとんどいなかった。借金を踏み倒したままでは、線香を上げるのにも気が引けたのであろう。

忠八は、親父が残したなけなしの金を持って、心機一転、江戸で商売を始めたが、色々な物売りをした末、油売りが一番性に合っていると思った。

その理由は、油の買い方で、その家の台所事情が分かるからだ。分かれば、話がしやすくなるし、話が繋《つな》がれば、繰り返し買ってくれることになる。油や炭は暮らしに欠かせないから、馴染みの人に来て貰《もら》う方が、買う方も安心するのだ。

暮らしぶりが分かれば、お互いの困ったことなども吐露し始める。人助けをするのは、父譲りなのか、できる限り、お客さんのためになることをしようと思う。油と一緒に、炭を買ってきて届けてやったり、米や麦などが不足すれば分けてやったり、持ちつ持たれつの絆《きずな》を作ることで、忠八も助かったのだ。

いつしか、『正直屋』の忠八さんは、本当にいい人だという評判も立ち、商売も滞りなく上手《うま》くいくようになった。かといって慢心はしない。油屋だけに、世の中を明るくすることだけを考えていた。

「人様の家は明るくできたが……果たして、てめえんちは、真っ暗じゃねえか」

忠八は柏手を打ってから、苛《いら》ついたように賽銭箱を蹴《け》った。

そのとき──ガタンと物音がして、神殿の中から、咳払《せきばら》いが聞こえた。

誰かいるのかと思って、忠八がバツが悪そうに俯《うつむ》いて、背中を向けて逃げだそうとしたら、「まあ、お待ちなさい」と声がかかった。驚いて振り返ったが、神殿には人

がいない。辺りを振り向くと、すぐ近くの木陰から、姿を現したのは、

――貧乏神こと、幸之助。

であった。

「なんだ……あんたか……吃驚《びっくり》したな、もう……」

顔見知りというわけではないが、日本橋の名店である呉服問屋『伊勢屋』の支配人だった人が、今は物乞《ものご》い同然の暮らしをしていることは、町内の者なら承知している。忠八の店は八丁堀にあるから、近所付き合いをしているわけではないが、幸之助は〝有名人〟であったから、すぐに分かったのだ。

「大変だってねえ……おかみさん、病に臥《ふ》せってるんだって？」

「え、まあ……」

「あんたが正直で真面目に仕事をしているってことは、私もよく知ってますよ」

「面目ない。今、賽銭箱を蹴ったのを、見られてしまいましたね」

「蹴るぐらいどうってことないですよ。私なんざ、こうやって……鳥もちを藁《わら》につけて、賽銭泥棒ですよ」

「……」

「でも、神様は怒りません。ある時払いの催促なし。もっとも、ある時がないから、

返した例《ため》しもありませんがな。ふっはっは」

欠けた歯を見せるように、貧乏神は笑った。忠八は曖昧《あいまい》に返答をして帰ろうとしたが、幸之助はいきなり駆け寄ってきて、肩をぐいっと掴《つか》んだ。思わず身を引きながら、

「今日の売り上げは、大したことないですし、貸すような金は持っていませんから」

「私が金を無心するとでも？」

「違うんですか」

「おまえさんを助けたい。そう思うただけじゃ」

「私を助けたい？」

「ああ。言ったでしょうが、私はおまえさんの真面目で、人を助ける善意に満ちた行いを、ずっと見ておったのじゃ。だから、どうしても救いたい。救えば、私も神様の仲間入りができるからな」

「え……」

「人助けのついでだと思って、私が神様になれるよう、手を貸してくれんかのう」

この爺《じい》さんはとうとう耄碌《もうろく》してしまったのかと、忠八は哀れみの目を向けた。だが、幸之助の方は至って壮健な様子で、

「よいかな、忠八さん。おまえさんを助ければ、私は晴れて神様になれる。だから、

どうか、私に手助けさせてくれ。あんたのおかみさんを病床から起き上がらせ、死んだ息子はまあ仕方がないとしても、駆け落ちした娘さんは無事、江戸に帰って来られるよう、私がしてあげようじゃないか」

「――新手の騙《かた》りでも始めたのですかな」

忠八が呆《あき》れたように言い返すと、幸之助は大きく首を横に振りながら、

「この姫子島神社の若い禰宜《ねぎ》は、本当に優れた人なのじゃ。まさに神の子。その霊験あらたかな力も借りて、おまえさんにとりついている貧乏神を取っ払おうじゃないか」

貧乏神はおまえだろう――と言いかけて、忠八は口をつぐんだ。

「のう、忠八さんや。この私を男にしてくれ。神様にしてくれ」

手を握りしめて、しかし妙に爽《さわ》やかに言い寄ってくる幸之助を、忠八は身を反らせながら聞いていた。

二

「おまえさん……そりゃ、担がれたんだよ」

店に帰ってきた忠八を、女房のお久はからかうように言った。幸之助からの提言を話すと、お久は笑いながら、

「私も、幸之助さんのことをよくは知りませんがね、あまり関わらない方がよいのではありませんか？」

「うむ。だが、気になることがあったので、一応、おまえに相談しようと思ってな」

「相談……」

「ああ。幸之助さんの話じゃ、俺たちはまだまだ幸せになれる。だから、諦《あきら》めちゃいけない。神様にお縋《すが》りしなさいってな」

「――おまえさん……私がこんなだからって、変なお祈りに金を出したりしてるんじゃないでしょうねえ」

「まあ聞いてくれ。事の善し悪しはともかく、不思議な話なのじゃ」

忠八は、幸之助と会ったときとは打って変わって、妙に爽やかな顔になって、貧乏神に語られたことを話した。

あの後――。

姫子島神社を後にしたふたりは、参道の入り口にある茶店の『伊呂波』に行った。奥の小上がりに陣取ると、たった一本の銚子と鰻《うなぎ》の白焼きだけで、随分と粘った。

茶店とはいえ酒くらいは出すが、煮物や焼き物などは近所の割烹《かっぽう》から取り寄せていた。女将《おかみ》のお熊は料理嫌いだから、自分ではほとんどやらないからだ。

お熊はふたりを見ていて、

――貧乏神が、適当な金蔓《かねづる》を連れてきて、ねだっている。

としか思えなかった。

「本当に本当なんだ……私が『伊勢屋』を辞めたのは、商売人ではなく、もっと私がやらねばならないことがあると、この氏神様に教え諭されたからなんだ」

身の上話を始める幸之助を、忠八は厄介払いをしたいような目で見ていたが、あまりにも真顔で言うので、ついつい頷《うなず》いて聞いていた。嫌なことをハッキリ断ったり、不愉快なことを拒むことができない気質なのだ。

「そうですか、氏神様にね……ちなみに、この姫子鳥神社の氏神様ってのは？」

「あんた、それも知らずに拝んでたのかね」

「神様は何処にでもいるし、どの神様に祈っても、バチは当たらないと親父が……」

「そりゃそうだけど……ま、いいや。倭姫命《やまとひめのみこと》が祀《まつ》られているんだ。天照大御神《あまてらすおおみかみ》を伊勢に祀った皇女じゃぞ」

「ああ、そうでしたか……」

「でだ……おまえさんに頼みというのは他でもない。先程も言ったように、私に助けさせて貰《もら》いたいのだ」

「意味がよく分かりませんが……」

「おかみさんが病で、お子さんがふたりとも……さぞや苦しんでいると察します。ですが、捨てる神あれば拾う神あり。世の中、まんざらでもありません」

「あの……これでも忙しい身なので……」

「すまん、すまん」

幸之助は申し訳なさそうに言うものの、杯をぐいっと空けて、

「もうひとつ銚子《ちょうし》を頼んでいいですかな。そのつまり、緊張のあまり喉《のど》が渇いて」

「構いませんが、私は別にあなたに助けて貰うことはありませんよ。これまでも、自分でどうにかやってきましたから」

「いや、そういうことじゃないんだ」

恐縮したように酒を頼んでから、幸之助は続けた。

「あなたを助けることで、私が神になれるかどうかの瀬戸際なんですよ」

「さっきも、そんなことを言ってたが……」

「バカバカしいと思うでしょうが、もう少しおつきあい下さい……私はね、実は、神

様の末裔《まつえい》なんですよ。ええ、本当に本当なんです。でもね、ちょっと血が薄いというか、修行が足りないというか、欲に目が眩《くら》んだというか、銭金に縛られてて、己を見失っていたんです。けれど、『伊勢屋』から飛び出して、地べたを這《は》いずるような暮らし……暮らしってほどじゃありませんがね。この数年、必死で生きてるうちに、色々なものが見えてきたんです」

　真剣なまなざしになってくる幸之助を、どうしたものかと思ったが、忠八は強引に立ち去ることもできず、渋々聞いていた。

「お待ちどおさま」

　銚子を運んできたお熊は、油売りとして顔馴染《かおなじ》みでもある忠八に目配せをして、

「あまり真面目に相手にしない方がいいよ。頭がどうかしてんだ、この爺さん。『伊勢屋』のご隠居なら、私もよく知ってますがね、幸之助さんは近頃、おかしいってさ」

「余計なことは言わなくていいよ、女将……でだ、忠八さん」

　幸之助は手酌で酒をぐいとやってから、膝《ひざ》をつめてきた。

「私の顔をよくご覧なさい。何処となく神々しいでしょうが。やはり血は争えないってやつでね。自分で気づくのに、こんなに時がかかるとは思ってもみなかった。でも、

生きている間に、なんとか少しでも世の中を良くしたいと思ってね、こうして、あなたにお縋りをしているんだ」

言っていることが要領を得ないと、忠八はますます不安になったが、次の一言で、

――おや？

と目を見張った。女房や子供のことである。

「おかみさんは、良家の出で、信心深い人だから、病は良くなります。薬なんてものは気休めでね、それこそ神様の〝気〟が入り込めば、体は必ず良くなります」

「良家の出じゃありませんよ」

「隠さなくてもいいですよ。飛驒高山《ひだたかやま》藩にゆかりのあるお武家の出だとか」

「……たしかに、武家ではありますが……決して豊かではなかった。私と駆け落ち同然で一緒になってからは、苦労のかけっぱなしで……でも、どうして、そのことを？」

どうせ調べたのであろうとは思ったが、お久が武家の出だということは、誰にも話したことがないことだった。それを知っているのが不思議だった。

「で、息子さんは残念なことでしたな。まだ殺した相手は見つかってないそうですが、私には見えているんです……そいつは上州《じょうしゅう》の方へ逃げてましたが、ほとぼりが冷めた

と思ったのか、今は江戸の何処かにおります」

「江戸の何処か……」

「その詳細はまだ分かりませんがね、もう少し修行を積んで、はっきりさせてあげますから、しばし猶予を下され」

「…………」

「娘さんの行方も、そんなに遠くはありませんな。東海道の保土ヶ谷《ほどがや》宿あたりだと、神のお告げではあります」

「保土ヶ谷……私には、縁もゆかりもない所だが」

「娘さんは、おみよさんでしたっけね。相手の男は三十路《みそじ》半ばの竹細工職人で、妻子がいたが、娘さんと一緒に逃げた。まあ、これは噂で聞いただけですが、保土ヶ谷にいるのは本当ですよ。ええ、神様が教えてくれたんです。一度、探しに行ってみて下さい。もし、そこに手がかりでもあれば、私のことを信じてくれるかもしれませんからなア」

飄々《ひょうひょう》と言う幸之助に、忠八は戸惑いながらも、一条《ひとすじ》の光を得た感じがした。すると、幸之助は少し勿体《もったい》つけるような言い草で、

「いいですか、この世の中はそもそも、八百万《やおよろず》の神様が働いて作り上げたものなんで

す。ですから、その神様の真似をして、人は働くということを覚えたんですな」

「…………」

「しかも、神様たちは、言葉はあったけれども文字は持たなかった。いや、実はあるのだが、私たち人間とは違う言葉であり、文字だった……だから、まあ、よく分からない」

「そう聞いたことがあります」

「神様というのは、頭と頭……つまり、〝念〟だけで通じることができたんです。人間同士だって、虫の知らせとか、嫌な予感とかがあるじゃないですか、あれです」

「あれです、と言われてもねえ……」

「忠八さんにだって、あるでしょうが。勘といってもいい。言葉や文字を使わずとも、神様同士は話ができるんです。そして、物を動かしたり、汚れた水を綺麗《きれい》にしたり、草花を育てたりできる」

「…………」

「けれど、人間のように力がない。拳骨《げんこつ》で殴ったり、蹴《け》ったりする力に欠ける」

「でも、相撲を取ったとか」

「実は人間の力には到底、及ばない。人間は獣から、出てきたようなものですからな、神様とは出自が違う。不思議な力や知恵はあるけれど、非力な神様たちを、人間は刀や槍《やり》などの武器に物を言わせて、山の奥に追いやってしまった。そして、好き勝手なことをし放題なんじゃ」

誰かの受け売りなのだろうが、幸之助は実に楽しそうに話した。子供に、お伽噺《とぎばなし》でも聞かせるように身振り手振りで、一生懸命に語ったが、忠八はすべてを信じたわけではない。

ただ、故郷にも似たような話をする古老がいて、

——人間は、神様を利用するだけ利用して、里から山に追いやった。

と話していたのを覚えている。

つまり、神様に作物を植えて貰ったり、育てて貰ったり、漁を手伝って貰ったり、雨を降らして貰ったりしながら、いいとこ取りをして自分たちの楽園を作った。そのくせ、飢饉《ききん》や水害などが起きたときには、苦しいときの神頼みとばかりに、願掛けをする。

「それでは、神様は骨折り損のくたびれ儲《もう》けだ……でも、決して文句は言わない。ねえ、忠八さん……あんたは、まさしく神様みたいな心の持ち主だ。そのあんたの手助けをすること、救うことが、私の使命なのじゃ」

「さっきも言いましたでしょう。おかみさんの病を治し、息子さんを殺した下手人を挙げ、娘さんを取り戻して、あなた方夫婦を少しでも慰労するということです」

「で……何をすると？」

「…………」

「そのことが、私が神様になれる一歩でもあるんです」

幸之助は実に嬉《うれ》しそうな顔をして、忠八に微笑みかけるのであった。

そんな話を聞いたお久は――くっくと可笑《おか》しそうに笑って、

「おまえさんにも呆《あき》れますよ。前にも、そんなことがありましたよねえ」

「ええ？」

「夜中に突然、訪ねてきた、いかにも貧しそうな旅人のことを、『この人は神様に違いない。無下に追い返しては罰が当たる』と言って、一月も逗留《とうりゅう》させてあげた」

「そうだったたっけな……」

「きっと、幸之助さんてお人も、おまえさんがバカがつくくらい親切だと知ってて、たかりに……まあ、それでも断るおまえさんじゃないですからねえ」

諦《あきら》めたように言うお久だが、迷惑がっているふうでもなかった。ただ、自分の体が思うようにならないので、何ひとつできなくて、却《かえ》って客人に迷惑がかかると案じていた。これまた、お人好《よ》しで、似たもの夫婦であろうか。

「姫子島神社にお参りしてくれたせいか、今宵《こよい》は咳《せき》があまり出ません。やはり、信心は大事なんですねえ、おまえさん」

ニコリと微笑むお久に、忠八は真顔で、

「本当だって。辛之助さんは、きっと半分は神様だ。だから、修行させてやって、神様にしてやろうじゃないか」

「はいはい」

「俺は本気だぜ。おまえが元気になって、もしかしたら、おみよも帰ってくるかもしれないしな。そしたら、〝一石三鳥〟だ」

忠八は幸せそうに顔をくしゃくしゃにして、夢心地であった。

だが、翌日になると、また辛《つら》い現実を思い知らされる。お久の具合が急に悪くなり、意識が混濁したまま、身動きひとつできなくなったのである。

三

姫子島神社境内のお百度石の周りを、何十度目か廻《めぐ》ったとき、忠八は砂利に躓《つまず》くように転んでしまった。

したたか打った肘《ひじ》を抱え込んだが、ぐっと堪《こら》えて立ち上がると、また続けて歩き出した。かねて痛めている足だから、引きずっていた。息も絶え絶えである。

「無理をしない方がいいよ、おじさん」

社務所から飛び出してきたスセリが声をかけた。親切そうな顔つきの巫女《みこ》に、忠八は軽く頭を下げただけで、意地を張ったように歩き続けた。側に寄り添うように、

「こんなことをしなくても、神様は願いを叶《かな》えてくれるよ」

「いや、そうはいかねえ……」

「本当だよ。お百度参りはこれ、百日間毎日参拝する百日詣《もうで》が本当だから、あなたの場合は、もう百日どころか、千日も二千日も、いいえ、それより沢山参っているはず。だから、無理をしないで」

スセリのかけた言葉に、忠八はエッと振り返った。俺のことを知っているのかと、不思議そうに見つめている。

「もちろん、知ってますよ」

忠八は何も言っていないのに、スセリは答えた。

「おかみさんが病になったんだってね」

「…………」

「神様になりそこないの貧乏神から聞きましたよ。でもね、神様も万能じゃないから、叶えられることと叶えられないことがあると思うの。けど、信心深い人は必ず救われるから、おじさんは大丈夫よ」

「え、ああ……でも……」

さらに歩こうとする忠八の腕をそっと摑《つか》んで、スセリは社務所に誘った。

「禰宜《ねぎ》がねぎらってくれるから」

駄洒落《だじゃれ》を言って、茶を差し出すと、忠八は恐縮して首を竦《すく》めた。ほっと一息ついて安堵《あんど》したのか、少し表情が和らいで、

「悪い癖でしてね……いや、人に親切にされると、何か悪いことが起こるのではないかと、そんな思いに駆られるので……」

「でも、あなたは、それこそ山のように、人様に親切を施してきたではないですか」

「え……？」

「神様は見ているんです。それに、神殿の前での拝み方を見て、その人がどんな人なのか、どういう生き方をしてきたのか、何となく分かるものですよ」

「見られてたのかい、俺は……」

「そうですよ。神様って、ほら、空の上にだって、山の上にだって、川の中にだって、土の中にだって、自由自在に行くことができますからね」

「…………」

「だから、あなたが色々な人にしてきた親切を、ずっと神様は見てるんだ。そして、神様同士は、何処の誰がどんな施しをしたかってことを、念で伝えあうことができるから、ここに祀《まつ》られてる倭姫命も、何だってご存じ」

まさか、という顔になった忠八だが、スセリは微笑みかけた。

「聖徳太子は十人の話を一度に聞けたっていうけど、神様は何百人、何千人の声だって聞こえるんだよ。だから、氏神様は、色々な氏子らの心の声に、いつも耳をそばだててるんだからね」

「私を慰めてくれてるのは、よく分かるがね、巫女さん……なんだか急に、気持ちが萎《な》えちまってね……」

「おかみさんの具合が急に悪くなったからですか？」

「それもあるけれど……ちょいと酒場なんぞでね……」

「酒場なんぞで？」

「悪口をね。ええ、俺の悪口でさ……」

茶碗《ちゃわん》を置くと、忠八はしょぼくれたように伏し目がちになって、訥々《とつとつ》と言った。

「いつも立ち寄る飲み屋でね、客が一杯だから、隅っこの方で、ちびりちびり飲んでたんだ。そしたら、奥の方でね……」

忠八は身振りを交えながら、見たままのことを伝えた。

男たちは日雇いの渡り大工で、親方に仕えている者たちではない。その日にやった普請について、あれこれ文句を言いながら飲むのが気晴らしになるのであろう。大工たちの中に、顔見知りの平吉《へいきち》という男がいたので声をかけようとすると、

「――ところでよ、油売りの忠八、知ってるか」

と唐突に忠八の噂話を始めた。平吉からは見えない位置なので、思わず顔を伏せて、聞き耳を立てていると、

「本当にあいつは間抜けだな。あんなバカはなかなかいねえ」

と言い出した。

「金がねえんだ、貸してくれって頼むとよ、あいつはてめえが借金こさえてでも貸してくれるんだ」

「そんな奴がいるかよ」

飲み仲間が、小馬鹿にしたように返す。

「いるんだよ。なんで、そんなことするのか分からねえんだがよ、とにかく親切っちゃあ親切なんだが、バカだから貸したことも忘れちまってんだな、きっと。一度も、返せって言われたことがねえんだ」

「まさか……何か裏でもあるんじゃねえか」

「俺も初めは思ったさ。だが、返さなくても何の文句も言わないどころか、また困ったふりをすると、『これしかないけど』って、また貸してくれる」

「つまりは、おまえの金蔓《かねづる》か？」

「それが、俺だけじゃねえんだ。知り合いならまだしも、通りがかりの困った者や足抜けしかかった女郎なんかにも、てめえのできる限りのことをしてやるんだ。金のある奴とか、お役人に自分から頭下げて頼んで、色々な厄介事も面倒見てやるのさ」

「へえ……そりゃバカじゃなくて、立派な徳のある人間じゃねえか」

「けど、そのために、てめえの女房子供には苦労させてよ、これがバカじゃなくて、なんだ？　奴のことを打ち出の小槌《こづち》だとか、花咲か爺《じい》さんなどと、からかってる奴は多いぜ」

「なんのために、そんなことしてるんだろうな」

「いい気になりたいだけじゃねえか？　立派な御仁にでも見られたいんだろうよ、たかが油の量り売りのくせによ」

　そんなふうに話している平吉を見て、忠八は胸が痛くなった。なぜ、そんな話をするのか、理解できなかったという。

「俺はね、巫女さん……」

　忠八は我に返ったように、スセリに言った。

「その場に居辛《いづら》くなって、裏口から逃げるようにして帰った。別に、俺が悪いことをしているわけじゃないのによ」

「私だったら、『今すぐ耳を揃えて返せ！』って怒鳴ってるわね、きっと」

「できませんよ、そんなこと……だって、平吉には小さな子供がいるのに、不景気な世の中、そうそう仕事は廻《まわ》ってこない。可哀想じゃねえか、なあ……」

「でも、腹が立つでしょうに」

「いいえ。怒りよりも、ちょっと寂しかっただけです」

「……ほんとに、お人好《よ》しなんですね」

「親父譲りかな。自分がしんどいのは我慢できるのだが、人が困ってるのを見ていると、どうにも、この辺りがイガイガしてきてな」

　胸を掻《か》き毟《むし》りながら、忠八は苦々しい顔になった。

そこへ、丹波がひょっこり入ってきて、

「実にいい話ですね。私は、そういう人、大好きですよ」

白衣《びゃくえ》に浅葱《あさぎ》色の丹波を見て、首を竦めるように頭を下げた忠八は、なんだか自慢話をしてしまったような気まずい顔になって、

「いけやせんや、からかっちゃ……本当に大したことはしてねえんです。平吉が言うとおり、たかが油売り。でも、地べたを這《は》うように、町場を売り歩いてると、ちょっとしたことが、よく見えてくる」

「ちょっとしたこと？」

「いつも店番をしている婆さんが、変な咳《せき》をしてたり、あまり見かけない妙な男がぶらついてたり、よく話しかけてくる老人の様子が変だったり、いつも遊んでる子供たちの数が合わなかったり……そうした小さなことが気になって、近所の人に声をかけて、もし何か不都合なことがあったら、手助けをね」

「なるほど、異変を察知するって奴だね」

「ああ。いつぞやなんか、なんか変だなあと思って路地を見てると、浪人者が若い女にいきなり辻斬《つじぎ》りをしそうになったので、大声上げて助けたことがあるよ」

「そんなあなただからこそ、私たちは助けたいんです」

丹波は当然のように言った。だが、やはり忠八は居心地が悪そうに、

「なんだか背中がむず痒《がゆ》くならあ……でも、だったら、俺じゃなくてよ、女房をどうにかしてやってくれねえかな」

「一度、お目にかかってみましょう。霊水で清めることで、少しでも改善されればいいのですがね」

「霊水……」

「ええ。丹波……いや、今は丹後にある皇大《こうたい》神社のものです。ご神体山である日室《ひむろ》岳には、天岩戸《あまのいわと》神社が祀《まつ》られておりますがね、その一帯には磐座《いわくら》があって、清水が湧き出しているのです」

「この姫子島神社と何か関わりが？」

「ええ。倭姫命は、この皇大神社で四年にわたって、天照大御神を祀ったのです。酒《しゅ》呑童子《てんどうじ》で有名な大江山の麓《ふもと》です」

「ああ……酒なら俺も飲むが……」

「皇大神社から一山越えた所の籠《この》神社という、丹後の一宮として、古来、人々から崇敬されてきたのですがね、『元伊勢』と呼ばれている神社があるんです」

「元伊勢……？」

「つまり、倭姫命が天照大御神を伊勢に案内する前に居たところですね。大和《やまと》にも元伊勢はありますが、実はこの地で、伊冉諾尊《いざなぎのみこと》と伊弉冉尊《いざなみのみこと》が天照大御神を生んだ磐座があるんです。籠神社の奥の院には、真名井《まない》神社というのがあって、天上界から水を引いたと言われてるんです」

特別な神社があるこの地域は、古代に、〝丹波《たんば》王国〟があったとされ、オキツ鏡とヘツ鏡が御神宝として受け継がれている。この国は但馬《たじま》、丹後も含んでおり、律令国家が成立した後に、それぞれが独立した。

「そういえば……禰宜《ねぎ》さんの名前は、白川丹波さんでしたね……霊水とか、その元伊勢ということと、深く繋《つな》がりがあるんで？」

「海部《あまべ》家が代々、神官を務めているのですが、私もその流れ……らしいです」

「これは、これは！　この前の貧乏神とはえらい違いだッ」

両手を合わせて崇《あが》める忠八を、丹波は宥《なだ》めるように、

「私は大した力はありません。ここにおわす倭姫命の霊力にお縋《すが》りしましょう」

と優しく声をかけた。

なぜだか分からぬが、忠八は心の底から込み上げてくるものがあって、いつまでも固く目を閉じて祈りを捧《ささ》げていた。

四

「丁方ないか、半方ないか……丁半、駒そろいました」

姫子島神社から一町程離れた所にある天福寺という古刹《こさつ》の庫裏《くり》で、賭場《とば》が開帳されている。もちろん不法である。見つかった場合、遠島や家財没収という重刑が科された。

掛け金をしない〝取退無尽《とりのきむじん》〟も、胴取《どうとり》や加入者も、賭博《とばく》と同様な罰がある。胴取をした家主や地主は五年間、家屋敷を取り上げられ、名主や同じ町内の者にも過料となる〝連座〟が仕組まれていた。よって、近所の目が厳しかったが、博徒自身が自首したり、開帳場所をお上《かみ》にバラしたりすれば、罪が許されて褒賞金までもらえた。

だが、それは町奉行が支配している町場のことで、大名や旗本屋敷の中間《ちゆうげん》部屋や寺社地である神社仏閣内で行われている賭博行為については、町奉行所が立ち入ることができない。ゆえに、あくどい生臭坊主などは、

——秘仏の開帳。

と称して、お布施という名の掛け金を払わせて、花札や賽子《さいころ》賭博をさせていた。そ

して、半分くらいは胴元である寺が取り上げ、賭《かけ》に勝った者は、仏の慈悲としてお恵みを頂いたということで、処理していた。誰もが知っていたことだが、見て見ぬふりをしていたのだ。

天福寺にて、薄暗い行灯《あんどん》あかりのもと行われているのは、「丁半」賭博である。張子《はりこ》同士が勝負するヤクザ渡世の者たちが、やっていたものだ。賽子ふたつに壺皿《つぼざら》ひとつに、盆蓙《ぼんござ》があれば何処でもできるから、手軽にやっていたのであろう。もっとも、ヤクザ渡世にはそれなりの掟《おきて》やしきたりがあったが、素人がするぶんには、その真似事程度である。

胴元である坊主は当然、姿を現さず、ならず者が務める〝竪盆《たてぼん》〟という親分役がいて、対面に〝中盆《ちゅうぼん》〟が坐《ざ》して、その隣に壺振《つぼふり》が構える。掛け金は、丁半同じで、駒がそろわなければ勝負にならない。

そして、ふたつの賽子の合計が偶数か奇数かで、丁半が決まる。勝者から掛け金の半分を徴収するのだが、それを〝寺銭〟と呼ぶが、言い得て妙である。

宴もたけなわになった頃——。

南町奉行所の坂下善太郎と般若《はんにゃ》の浜蔵が踏み込んだ。今般は人殺しも関わっている事案ゆえ、八剣竜之介が同行している。竪盆や中盆たちは微動だにせず堂々としたものだったが、客筋は慌てて逃げ出そうとした。無理もない。ほとんどは、まっとうな商家の旦那衆《だんなしゅう》で、まさに手慰み程度のことであり、気分転換に遊んでいるだけで、罪人にされてはかなわない。

こうした事態のために、寺の住職が出てきて、あくまでも法事とか御開帳とか言い張るために、仏画や仏像などを部屋の上座に置いていることがあるが、捕縛を目的に来た役人にはまず通用しない。

「南町の坂下だ。そのまま動くなッ。逃げた奴は、外で張ってる捕方に縛られるぞ」

竪盆や中盆を務めているならず者は、坂下と浜蔵の顔は重々、承知しているから、大人しくするしかあるまいと居直っていた。

「旦那方……俺たちは博打の真似事をしてるだけで、金は賭《か》けてやせん。せいぜいが酒や肴《さかな》くらいのもんだ」

中盆が言い訳めかして言ったが、坂下は相手にせず、賭場全体を見廻《みまわ》してから、一番奥で張っていた若い男に向かって突き進んだ。

「！……」

相手も察したのであろう。急に腰を浮かすと、そのまま奥へ逃げようとした。

「待ちやがれ、繁次《しげじ》！」

浜蔵は手にしていた胡桃《くるみ》を投げつけ、盆茣の駒札を蹴散《けち》らしながら、飛ぶように追いかけた。繁次と呼ばれた遊び人風は、襖《ふすま》を蹴倒して隣室に踏み込み、手当たり次第に文机《ふづくえ》や掛け軸などを投げながら、中庭に転がり出た。

だが、浜蔵は縁側から、ひらりとムササビのように跳ねると、繁次の背中を蹴飛ばして、そのまま池に突き落とした。濡《ぬ》れ鼠になって必死に這《は》い上がろうとするのへ、十手を強く打ちつけて引きずり倒した。

「アタタ……なんでえ、なにしやがるンでえ、このやろう！」

突然の騒ぎを見ていた賭場の客たちは、恐れをなして、こっそり逃げ出す者もいたが、竪盆らは冷ややかに眺めていた。

「どうしたんです？」

中盆が訊《き》くと、坂下が舐《な》めるように見ながら答えた。

「そいつは、上州新田《にった》村で代官所の役人ふたりを殺した咎人《とがにん》だ。おまえら、それを承知で匿《かくま》ってたのか」

「な、なんてことを……俺たちは知りやせん。本当です」

賭場の面々は驚きに立ち尽くした。どうやら、本当に知らないようだが、坂下は竪盆や中盆をしている奴の素性は承知しているから、後で事情を聞くから自身番に来いとだけ言って、繁次を縛り上げた。

寺社奉行支配内で起こったということで、坂下と浜蔵は、八剣と一緒に姉子島神社の社務所に繁次を連れて来た。

八剣が取り調べをしようとすると、

「お言葉ですがね、八剣様。こいつは代官所役人殺しの疑いがあって、俺たちが追っていた奴なんです。手柄の横取りはご免被りますよ」

と坂下は、あくまでも自分たちが吟味すると言った。

「構わねえよ。じゃ、篤と調べてくれ。こっちは、こいつが祥吉殺しの下手人だと睨《にら》んでるから、縛りたいだけだ」

「祥吉殺し……」

「油屋『正直屋』の倅《せがれ》だ。もう二年前の事件だがよ、おまえたち町方が〝くらがり〟に落としてしまった一件だよ」

迷宮入りのことである。だが、坂下からしてみれば、ならず者同士の喧嘩《けんか》であるし、さして真剣に探索しなかった。浜蔵も、その一件は思い出したが、祥吉殺しの下手人が繁次かどうかは知らぬことだった。

「さあ、じっくり調べてみろや。叩《たた》けば、もっともっと埃《ほこり》が出てくるかもしれぬぞ」

坂下はどうも八剣に頭が上がらない。だから、言われるままに、石抱かせも鞭打《むちう》ちもできないこの場で自白させることにした。だが、繁次当人は人を食ったような顔で、知らぬ存ぜぬを決め込んでいた。

「あっしはね、旦那方……上州なんざ行ったこともありやせんや」

繁次が鼻で笑うと、坂下が顔を突きつけて、

「代官の三宅《みやけ》拓兵衛《たくべえ》は、木枯らし一家の栄五郎《えいごろう》を始め、子分ら数人を追っていた。おまえは、そこに草鞋《わらじ》を脱いでいたが、一宿一飯の恩義とやらで、代官所役人を殺せと命じられた。知らん顔をしても無駄だ。代官に捕らえられた子分のひとりが、証言してるんだ」

「知らねえよう……どうせ、そのヤクザ者が、俺のせいにしただけじゃねえのかい」

「黙りやがれ。証拠は挙がってんだよ」

今度は、浜蔵が十手を首根っこにポンポンと添えながら、

「おまえが使ってた長脇差《ながどす》が、殺された役人のドテッ腹に刺さったまんまなんだ。ひとりは脳天をかち割られてた。おまえを捕らえようとした他の役人にも怪我をさせたからな、何人もがおまえのこの面をしっかりと覚えてるんだよ」

「人違いでしょうよ。俺は上州なんざ行ったことがねえ」

「だったら、長脇差は」

「似たようなものは、どこにでもあるじゃないですか」

「おまえのなんだよ。栄五郎親分から譲られた長脇差だ。これで殺せってな」

「だったら、そいつがやったんじゃ？　俺は知らないわえ」

あくまでも知らないと突っ撥《ぱ》ねる繁次の頭を、浜蔵はガツンと十手で叩いた。

「い、痛えなあ……殴ったって、蹴《け》ったって、知らないものは知らねえんだ」

悲痛な声で叫ぶ繁次に、坂下は唾《つば》が飛ぶくらい顔を近づけて、

「なんなら、自身番で石を抱かせてもいいんだぜ、おい」

「知るけえ……」

表情がわずかに曇った。一度、そういう目に遭ったことがあるのであろう。しかし、決して、繁次は役人殺しは認めなかった。むかっ腹が立った坂下がさらに殴ろうとするのを、八剣は止めて、

「殴りゃいいってもんじゃないぞ」

と言って、繁次の前にでんと座り込んだ。

「俺が知りたいのは、祥吉とのことだ。奴はまだ十六のガキだった。おまえの使いっ走りをさせられてたんだ。これも知らぬとは言わせないぜ」

「さあ、覚えてねえなあ」

そっぽを向いて、繁次はあばた顔をボリボリとわざとらしく掻《か》いた。

「だったら、思い出させてやるよ」

八剣が合図をすると、スセリが忠八を奥から連れてきた。

その顔を見て、ほんの一瞬だが、繁次は目を見開き、気まずそうに俯《うつむ》いた。

「知ってるだろう……油の量り売りをしている『正直屋』の忠八だ」

「……………」

「おまえも随分と世話になったはずだ。それこそ、燃やせば臭い魚油も買うことができぬほど貧しい家に育ったおまえは、盗みをするのが当たり前のように暮らしてたらしいな。それを救ってくれたのは、この忠八じゃなかったのかい」

繁次はそっぽを向いたまま、苛々《いらいら》と爪を噛《か》んでいる。

「毎日、親父に殴られて青痣《あおあざ》だらけの顔だったらしいな。忠八が注意をしたら、おまえの親父にボコボコにされて……それでも忠八は、油を親父に分け与えて、少しでも役に立ててくれって」

「知らねえよ……」

「おまえが曲がった道に入ったとき、親父の代わりに忠八が、引き戻そうとしたそうじゃないか。なのに、おまえは金に目が眩《くら》んで、ならず者の手下になった」

「…………」

「ま、おまえの人生だから勝手だがよ、忠八の倅の祥吉まで、引きずり込むことはなかった……奴は喧嘩に巻き込まれて死んだってことだが……実は、おまえが殺した。そうだな」

「！――じょ、冗談じゃねえやッ。何を証拠に、そんな！」

繁次は顔を真っ赤にして立ち上がると、

「代官役人殺しだの祥吉殺しだのと！　なんで、俺がこんな目に遭わなきゃなんねえんだよッ。知ったことかよ！　関係ねえよ！」

大暴れする勢いで出て行こうとしたが、八剣は腕をねじ上げて、その場に座らせた。

「だったら、この忠八さんに、はっきり言ってやりな。俺は祥吉を殺してない。殺した奴は他にいて、俺は知ってるとな」

「い、痛えよッ……」

「さあ。お人好《よ》しの忠八だ。おまえが正直に言いさえすれば、許してくれるかもしれぬぞ。自分の息子を殺した男でもッ」

さらに腕をねじ上げると、八剣は繁次を床に押さえつけて、

「言えッ。本当のことを！」

と強引に吐かせようとすると、今度は坂下が止めた。

「八剣さん……これじゃ、あべこべだ……俺たちのお株を奪っちゃ困りますぜ」

傍らで見ていた忠八も頷《うなず》きながら、

「そうですよ……ここは、俺とふたりだけにしてくれませんかね……ねえ、旦那方《だんな》……こいつは気が弱くて、てめえの心の中のことを、うまく人に話すことができないんだ」

と庇《かば》うように言った。どこまでお人好しなのだと、八剣は突き放そうとしたが、忠八はそっと繁次の手を握り、

「なあ……油売りのおっちゃんなら……話せるだろう？　繁次……俺ア、おまえが息子を殺したなんて思っていない。代官役人だって、おまえのせいじゃないだろう……俺に本当のことを話してくれよ、な」

静かに諭すように言った。

それでも、繁次は押し黙ったまま、堅く口を閉ざしていた。

五

保土ヶ谷宿は東海道を神奈川宿よりさらに西南に向かい、帷子橋《かたびら》を渡った一帯である。下岩間町《しもいわまちょう》、帷子田町、下神戸《ごうど》町などと続き、保土ヶ谷町に至る。

本陣、脇本陣、問屋場《といやば》、助郷会所が揃っており、大いに賑《にぎ》わっていた。宿場の本陣、名主、問屋という三役は、北条《ほうじょう》氏の家臣だった苅部《かるべ》豊前守《ぶぜんのかみ》を祖とするらしく、町並みも武家屋敷風で、落ち着いた趣があった。

その表通りを権太《こんた》坂の方へ向かった一角に、『富士塚《ふじづか》』という名の茶店があった。

店の表の床几《しょうぎ》に座れば、たしかに峰々の向こうに富士の高嶺《たかね》が拝めるが、風情が足りない。『富士塚』とは、富士信仰に基づいた、富士山のような人造の山のことであるが、そんなものは何処にもないのだ。ただ、この店が、

――富士が見える塚の頂上にある。

ということらしい。店の下には富士山から持ち帰った溶岩が埋まっているというが、怪しいものである。

「よっこらしょ」

荷物を下ろしたお熊は、手っ甲脚絆《きゃはん》の旅姿のまま、道中杖《づえ》も置いて、

「ちょいと、甘いものと茶を下さいな」

と奥へ声をかけた。

軽やかな返事があって出て来たのは、十六、七の年頃の娘だった。ぽっちゃりした顔立ちで美形ではないが、くりっとした愛嬌《あいきょう》のある目をしている。しかし、番茶も出花の年頃のはずなのに、どことなく暗く、卑屈そうに背中を丸めている。

「こっから富士が見える……って聞いたんだけどねえ」

お熊が話しかけると、娘は俯き加減のまま、

「あいにく、今日は曇りで済みません」

と茶を差し出した。

「あんたが謝ることはないだろう」

口を潤してから、お熊はまじまじと娘の顔を覗《のぞ》き込んで、

「ずっと、ここで働くつもりなのかい」

「——はあ……？」

不思議そうに目を上げた娘に、お熊は微笑みかけて、

「お父っつぁん、心配してるよ」

「！……」

「そんなに吃驚《びっくり》することはないさ。これでも、あちこち探し廻《まわ》って、ようやく辿《たど》り着いたんだからさ、話くらい聞いておくれな」

困惑したようにまた顔を伏せた娘は、店の奥に戻ったが、お熊は追いかけて入って行くと、店の主人とおぼしき男が険しい目つきで、庇うように立った。年の頃は二十歳過ぎの若者であろうか。凛《りん》とした顔つきで、

「女房に何か？」

と射るように睨《にら》んできた。

「……女房、なんですか」

「そうですが？」

「おまえさんは、この店のご主人……」

「代々、この『富士塚』を営んでます。去年、親父の跡を継いだばかりですが、それより、うちの女房に何か御用ですか」

「――おみよさん……ですよね」

お熊が、奥に引っ込んで背中を向けている娘を見やると、主人の方が前に出て、

「たしかに、おみよですが、あなたは誰なんですか。もしかして、女衒《ぜげん》の使いですか。

いや、近頃は女の女衒もいるらしいですが、これ以上、嫌がらせをするなら、こっちにも考えがありますよ」

若い主人は拳《こぶし》を握りしめた。日焼けした太い腕は筋肉で盛り上がっており、おっとりとした顔つきとは反対に、喧嘩《けんか》っ早い気質も垣間《かいま》見えた。

どうやら訳ありげだが、お熊は首を振って、

「嫌がらせなんてとんでもない。そんな目に遭ってるんですか、おみよさんは」

「…………」

「あ、ああ……私はね、お宅と同じような茶店をやっている、お熊って者です。江戸は日本橋、姫子島神社の参道で。『伊呂波』って店なんです」

そう言いながら奥を見やると、おみよはギクリとなった。神社の名に覚えでもあるのだろうか。お熊はすぐさま、母親の病気のことを伝え、忠八はお百度参りをしていることを話した。

「つまり、あなたは……？」

訝《いぶか》しげに見る主人に、お熊は答えた。

「お父っつぁんの忠八さんを救いたい一心で、みんな頑張ってるんだよ」

「救いたい……？」

「だって、そうじゃないか。息子の祥吉は殺される。娘のあんたは家出する。おまけに、女房のお久さんまでが……真面目にこつこつ働いた上に、人様に親切を施した人が、こんな目に遭うなんて、あんまりでしょうが。だから、私たち神様に繫《つな》がりがある者たちが、なんとかしたいってさ」

「神様……？」

「あ、そんな話はいいんだけど、とにかく、一度、家に帰ってやんなさいな。でないと、忠八さん、可哀想すぎる」

お熊は哀願するように言ったが、おみよの表情は頑《かたく》なに人を拒むようだった。その代わり、主人が前に出て、「申太郎《しんたろう》」と名乗り、すべて自分が話を聞くと言った。どうやら、祥吉が死んだことも知っているようだし、家出をした事情も分かっている様子だった。

「でも、駆け落ちしたのは、親ほども年の離れた男だと聞いたけれど」

あまりにも若い相手だと、お熊がまじまじと見ていると、申太郎は同情の目をおみよに投げかけながら、

「その男ってのが、とんでもない奴でしてね……おみよを宿場女郎として売り飛ばしたんです、女衒にね」

「えっ、そんな……！」

同じ女の身の上として、お熊も胸がキリキリと痛んだ。

「ある夜、おみよは宿の主《あるじ》の目を盗んで逃げ出したんですが、すぐに若い衆に見つかってしまって、連れ戻されそうになりました。そこに、たまさか俺が通りかかって、まあ物の弾みで、身請けしてしまったんです」

「会ったばかりの女を……!?」

「そんな大層な話じゃありませんよ。これまた、大声じゃ言えませんが、たまさか博《ばく》打《ち》で大儲《おおもう》けしましてね、近くの神社にお礼参りに行ったら、そこに居た物乞《ものご》いが、『懐の金は、人助けに使わなきゃ、その身に災いが起きる。家に帰る途中に、最初に出会った可哀想な人を助けろ』と、したり顔で言ったんだ」

「物乞いが……」

「そいつにはビタ一文やりませんでしたがね、逃げるように帰ってるとき……おみよに出会ったんです」

「それで身請けを……」

「儲《もう》けた金でも足りなかったから、後で払ったけれど、そいつら今度は俺が金蔓《かねづる》になると思ったのか、ちょくちょく……だから、さっき、あんたが来たとき、そいつらの仲間かと思ったんだよ」

「へえ、そうだったんだ。まだ若いのに、しっかりしてるねえ」

お熊は感心しながら、申太郎を見つめていたが、ひとつだけ引っかかることがあった。親切ついでに、江戸の実家に帰してやればよいではないかと思ったのだ。

「それは……おみよが嫌がりましてね」

「どうしてです?」

奥のおみよに、お熊は訊《き》いたが、これまた答えたのは申太郎の方だった。

「嫌いなんですよ、親父さんのことが」

「なんで。あんな、いい人なのに……私もたまにだけど、油を買ってましたよ。本当にいい人で、仏様みたいに」

「かもしれませんが、それは外面がいいだけで、息子や娘にとっちゃ、鬼みたいだったって、おみよは……」

「まさか……」

お熊には到底、信じられなかった。

「私だって、この目で見たことがありますよ。通りすがりの人に親切に……ええ、あなたが、おみよさんを助けたように、忠八さんは目についたことは、何でも自分から買ってでも施しをしてた」

「…………」

「世の中、不思議なもんで、貧しい者を助けるのは、貧しい人たち。大金持ちが、気前よく慈善をしたなんて話は、めったに聞きゃしないですよ。本当は、お上がやるべきことを、忠八さんはやってきたんだ。ほんとに奇特な人なんですよう」

忠八を庇《かば》うようにお熊が熱心に話すと、おみよが強い口調で、

「それが嫌なんですよッ」

「ええ……？」

「親切で、奇特な人で、神様仏様みたいな人でって言うけれど、そのお陰でどれだけ私たちが苦労したと思ってるんですかッ」

「――おみよさん……」

「赤の他人のくせに、知ったかぶりをしないで下さいな。あれは親切病って、病《やまい》ですよ。ろくに知りもしない人の借金を抱え込んだり、罪まで被《かぶ》ろうとするんですからね。バカとしか言いようがない。そのくせ、私たちには赤貧を強いて、ろくな物も食べさせてくれない。だから、おっ母さんだって本当に病に罹《かか》った。それでも、お父っつぁんは自分の見栄《みえ》だけに拘《こだわ》って……」

「見栄……？」

「人によく思われたいだけなんです。だから、私たちは酷《ひど》い目に……『俺の何が気にくわないんだ。人を助けて何が悪いンだ！』って、いつも怒鳴ってた。お陰で、おっ母さんも私も胸が痞《つか》えるような毎日……あんちゃんが悪い道に入ったのだって、そんなお父っつぁんが嫌いだったから、面当てですよ」

「面当て……」

「だって、そうでしょ？　親切この上ない人の息子が悪童になったら、お笑い種《ぐさ》だ。あんちゃんは、自分のためだけに生きる、って心に決めたんだ。それは間違いだと思う。でも、そんなあんちゃんにしたのは、お父っつぁんなんですよッ」

大人しそうな娘のどこに、これだけの強い芯《しん》があるのかと思えるほど、しっかりとした声で訴えた。それほど、我慢を強いられたのだろうと、お熊は察したが、

「でもね、おみよさん……あなただって、縁もゆかりもない、通りすがりの中太郎さんに救われたんじゃないの？」

「………」

「もし、中太郎さんが見て見ぬふりをする人だったり、ほんの少し時がずれて出会ってなかったら、今頃あなたは、まだ宿場女郎として、嫌なことを無理強いされてたか

もしれない」

「!……」

「辛《つら》く当たられたあなたたちの気持ちは分かるけれど、忠八さんによって命だって助かった人がいるんじゃないかしら」

そう言いながら、お熊は申太郎を見やった。そっと、おみよの肩に手をやったが、何も言うことはなかった。ただ、

「いずれ……会いたくなるかもしれません……お母さんのことは、おみよもずっと気にかけてましたから」

と呟《つぶや》くように言って、お熊を振り返った。今はそっとしておいてほしいという目だった。

「そうね……私も実を言うと、忠八さんが、そこまでする理由が分からない……でも、少なくとも、自分も傷ついていると思う。おみよさん……少しは考えてみて」

お熊はまるで自分のことのように、頭を下げるのだった。すると、申太郎は、

「あの……どうして、ここが分かったのですか……おみよがここにいると……」

と今更ながら訊いた。

「え、ああ……籤《くじ》の占いで分かったの」

「籤……？」

「姫子島神社の禰宜《ねぎ》の占いは、結構、当たるのよ。籤って、そもそも、祈禱《きとう》や占いを簡単にしたものだからね。あ、バカにするけど、御神籤《おみくじ》って、昔から偉い人が政事なんかも、これで決めてて、戦国武将だって、戦の前にけ必ず……」

御神籤は古来、人間では決められないことを、神様に判断して貰《もら》う〝ひねりぶみ〟という神聖な儀式からきている。だが、なぜか、しどろもどろになったお熊を、申太郎は首を傾げて眺めていた。

六

貧乏神こと幸之助が、砂埃《すなぼこり》が舞う風の中を這《は》うように歩いていた。日本橋の大通りに面した大店《おおだな》も暖簾《のれん》を下げて、半分ほど表戸を閉めている。行き交う人々も、目にゴミが入るのを防ぐように俯《うつむ》いていた。

路地に入った横丁にある破れかけた赤提灯《あかちょうちん》も、激しく揺れている。間口二間の小さな店である。

「ごめんなさいよ」

開け放たれたままの店に入った幸之助は、厨房《ちゅうぼう》で支度をしていた中年の板前に声をかけた。誰だという顔で振り返った板前に、

「忠八さんのことでちょいとね」

と言いながら店内の酒樽《さかだる》に腰掛けた。忠八の名を聞いた途端、板前は迷惑そうに眉《み》間《けん》に皺《しわ》を寄せた。首から頬にかけて走る刀傷があって、それに気づいた幸之助は少し怯《ひる》んだが、必死に言った。

「知らないとは言わせませんよ。ええ、色々と聞いてきたんですから」

「今、手が離せねえんだ。帰ってくれねえか」

突き放すように言ったが、幸之助は悲痛な顔で、

「そ、そう言わないで下さいよ」

「なんだい」

「ほんとうは、分かってるでしょうが」

「忙しいんだよ……」

「これで、かれこれ百人ばかり訪ねたんだがね、誰も知らぬ顔をするんですよ。みんな、忠八さんに金を恵んで貰ったり、世話になったはずなんだがね」

「………」

「おまえさんも、二両ばかり用立てて貰ったことがあるんだろう？　二両といえば、四人の親子が二月《ふたつき》や三月《みつき》暮らせるくらいの大金だ。その金で、この店が持ち直したって話、聞いたんだがねえ」

「だから、なんだよ」

　うるさい蠅でも払うような仕草で、板前は出ていけと声を荒げた。それでも、幸之助はめげずに話しかけた。

「困ってるんだ。今、忠八さん、本当に困ってるんだよ。おかみさんが病で、死ぬかもしれないんだ。こういう時にこそ、恩返しをしなきゃ、いけないんじゃないかい？」

「誰だよ、あんた……忠八さんに取り立てでも頼まれたのかい」

「違うよ。あの人は、そんなことするもんかい。二両の金は貸したんじゃなくて、くれてやったと思ってるだろうよ」

「だったら、返せって言われてもよ」

「忠八さんが困ってるんだぞッ。その噂くらい、あんただって耳にしてるだろう！」

　いきなり強い口調になった幸之助に、板前は逆上したように、

「うるせえッ。なんだってンだ、じじい」

「困ってるときはお互い様。ここで商売できてるのは、誰のお陰だと思ってるんだ。おかみさんの薬代を恵んでくれと頼んでるんだ。二両、返せなんて言ってない。おまえさんのできるだけの銭でいいんだ」

今度は哀願するように言う幸之助を、蔑《さげす》むように板前は見て、

「なんでえ……新手の物乞《ものご》いか？」

「違う。私はね、本当に忠八さんを助けたくて、足を棒にして金を集めてるんだ。ちょっとばかり、恩返しをしてやったらどうかと、頼んでるんです」

「…………」

「なのに、どいつもこいつも……自分の都合ばかり話して、たった一文の金すら払いもしない。いや、何人かは渋々くれたよ。でも、雀の涙だ。恩を仇《あだ》で返すような真似をしていいんですかねえ、ご主人」

みすぼらしい格好の幸之助を改めて、まじまじと見た板前は、フンと鼻で笑って、

「強請《ゆす》りたかりの類《たぐい》か。しつこくすると、町方の旦那《だんな》を呼ぶぜ」

「どうぞ、呼んで下さい。そしたら、おまえさんも少しは反省すると思います」

「なんだと、さっきから訳の分からないことを、ぐだぐだとッ」

腹に据えかねた板前は、包丁を手にしたまま、厨房から出てきて、

「てめえ！　喧嘩《けんか》、売ってンのか！」

と突きつけると、幸之助は腰砕けになって、その場に崩れた。

「あ、危ないじゃないですか……」

「てめえが言いがかりをつけてくるからだ。とっとと失《う》せろッ」

包丁を振り上げたとき、

「待ちな。刃物を持ち出しちゃ、洒落《しゃれ》にならねえぜ」

と路地から声をかけたのは、浜蔵であった。その後ろには、懐手でぶらりと歩いて来る坂下の姿もあった。

「すっ飛びの伊佐次《いさじ》だな」

浜蔵が詰め寄ると、板前は緊張した顔になって包丁を握り直した。

「やるってのか。上等だ、狙いはここだ。突き刺してきな」

「だ、旦那方……冗談はよして下さいよ。これは大切な商売道具だ」

伊佐次と呼ばれた板前は、包丁を後ろ手に隠して、腰を屈《かが》めた。

「おまえ、渡世人の繁次とは、古い付き合いらしいな」

「え……ええ、まあ……」

「この前、賭場《とば》で捕まえたんだがな、祥吉殺しは、おまえに頼まれたと吐いたんだ」

「！……」

明らかに、伊佐次の顔には動揺が走ったが、必死に取り繕おうとした。幸之助は訳が分からないというふうに、坂下に近づいて、

「旦那。これは一体……俺を尾《つ》けてたんですか？」

「尾けてどうするんだ。おまえは、何しに来てたんだ」

「私は……忠八さんに世話になった者たちを訪ねて、恩返しをしろと迫ってたんだよ」

「だったら運がよかったな。俺たちが来なきゃ、おまえはそいつにグサリとやられてたかもしれないぜ。貧乏神らしくな」

坂下は幸之助を押しやるようにして、伊佐次には包丁を仕舞うようにと十手を突きつけた。背後には、浜蔵が廻《まわ》って、逃げられぬように挟んだ。

「繁次は、おまえの弟分だった。そうだな」

「…………」

「死んだ祥吉は、繁次の使いっ走りだ。その祥吉の父親《てておや》が、お人好《よ》しの忠八だと知って、おまえは、あれこれと理由をつけて金を巻き上げた。そうだな」

「人聞きの悪い……向こうから貸してくれただけですよ。この店を出すためにね」

「この店をな……」

　じろじろと店内を見廻しながら、坂下は十手で伊佐次の肩を叩《たた》いた。

「飲み屋ってのは表向きで、関八州《かんはっしゅう》で悪事を働いて、江戸に流れてきた奴の〝隠れ宿〟にしてるそうじゃないか」

「なんですか、そりゃ」

「言い訳無用。それも繁次は、すっかり吐いたぜ……」

「……」

「繁次の話じゃ……祥吉は泣いて頼んだそうだな。これ以上、親父を虐《いじ》めないで欲しい。金蔓《かねづる》にしないで欲しいと」

　坂下が睨《にら》みつけると、伊佐次は瞼《まぶた》をピクリと動かして、首を横に振った。だが、浜蔵が背中から、野太い声で、

「おまえも往生際が悪いぜ。祥吉は、忠八への反発から、悪い道に入ったものの、おまえみたいな極悪人が、親父を強請っているのを見て怖くなったそうだ。だが、おまえは足を洗うことを許さなかった。年端もいかない祥吉に、強請りの真似事や盗みまで、させてたそうじゃねえか」

「……」

「忠八だけには知らせないでくれと、繁次は正直に話したそうだ。作り話とは思えねえがな」

「……知るけえ。もし、俺が命じたとして、殺《や》ったのは、繁次だろうが。俺の知ったことじゃねえや」

「殺らせても同じ罪なんだよッ」

十手を突きつけた坂下が、鋭い声で言った。

「とにかく、ちょいと来て貰《もら》おうか。繁次と直に会って、じっくり話してみるがいいぜ。どっちが嘘をついてるか、篤と確かめてやるからよ」

「…………」

「さあ、来な」

浜蔵が背中を押したとき、伊佐次は持ったままだった包丁をブンと振り廻して逃げようとした。だが、それを見越していた坂下は、十手で伊佐次の額を打ちつけ、同時に鳩尾《みぞおち》に当て身を食らわせた。

ふらっと崩れる伊佐次に、さらに一蹴《ひとけ》り入れてから、

「またひとつ罪を増やしたな。愚か者めが」

と坂下は吐き捨てた。

七

伊佐次が連れて来られたのは、奉行所でも自身番でもなく、姫子島神社であった。

参道を挟んで両側に屋台の出店がズラリと並んでおり、縁日のような賑《にぎ》わいだった。金魚掬《すく》い、的当て、団子売り、飴《あめ》売り、玩具《おもちゃ》屋などが櫛比《しっぴ》しており、善男善女が集まっていた。老人や子供たちの姿も見える。

「――今日は何かのお祭りですかい……」

訝《いぶか》しげに見廻す伊佐次に、坂下と浜蔵も驚いた顔つきになって、

「さあ……何も聞いてねえな……」

「どうして、ここへ？」

「寺社地内の賭場絡みでもあるので、寺社役で大検使の八剣さんに命じられて、ここで調べることにな――」

「なんだか調子が狂っちまうぜ」

「咎人《とがにん》のくせにガタガタ言うんじゃねえ。黙って従ってりゃいいんだ」

浜蔵は乱暴に縄を引っ張った。出店を見ながら散策している大勢の人々の間を縫う

ように、伊佐次は連行された。その姿を見て、何事かと参拝客らは振り返っていた。

「見せ物じゃねえぞ、おらッ」

伊佐次は悪態をついたが、坂下は涼しい顔で、

「このまま刑場送りってこともありえるな」

「ふざけるな。お裁きも受けさせず、無茶苦茶じゃねえか」

「人殺しのくせに理屈をこくな」

人目に晒《さら》されながら、伊佐次は境内に入って本殿の前で無理矢理、拝まされて、社務所に連れ込まれた。

そこには、丹波と八剣が待っていた。

傍らには、忠八と繁次もいる。そのふたりの顔を見た伊佐次は、思わず凄《すご》んで睨みつけながら、フンと鼻を鳴らした。そして、ぽつりと「何様のつもりだ」と呟《つぶや》いた。

「何様ではなく、神様です」

丹波がすぐに返した。

「忠八さんは、おまえさんに脅されて、随分と金を渡したそうだが、それもこれも、この繁次さんと息子の祥吉さんの足を洗わせたいがためだった……でしょ？」

「さあね……」

「要するに金さえ出せば、繁次と祥吉を自由にしてやると約束したそうじゃないですか。忠八さんは、それを信じて、あんたに手を貸した。あんただって本当は、もっと上の親分から離れて、自分の店を持ちたいんだと、忠八さんに話したそうじゃないですか。それは嘘話だったんですか？」

「知るかよ」

そっぽを向く伊佐次に、丹波は陽光のような笑みを向けながら、

「まあ、いいでしょう。神様のもとでは、善人も悪人もない。みんな同じ人間だからね。禊祓《みそぎはらえ》さえ受ければ、罪は消えてしまうんですよ」

「なんだ……？」

小馬鹿にしたような顔を向けて、伊佐次は言った。

「俺は何も悪い事はしてねえがな」

「人は誰でも、少しくらいは悪さをするもんです。私だって、きっと知らないうちに人を傷つけたりしてるんでしょうねえ」

淡々と言う丹波に苛《いら》ついたのか、奥歯を嚙《か》みしめるように、伊佐次は唸《うな》って、

「てめえがなんだッてんだ。神主が説教垂れてンじゃねえぞ」

と怒鳴ったが、八剣がビシッと鞘《さや》ごとの刀で肩を押しつけて座らせた。丹波は相変

わらずにこりと微笑みかけて、

「参道に、出店が一杯出てたでしょう。あれはね、忠八さんへの恩返しだと、テキ屋の五郎蔵《ごろぞう》さんが仲間を集めてきて、一日限りの縁日を開いてくれてるんです。その売り上げをすべて、忠八さんに渡すってね」

「――なんの話だ……？」

「だから、恩返しですよ。貧乏神こと、幸之助さんが、江戸市中を歩き廻って、忠八さんの世話になった人、親切を受けた人を探しているうちに、五郎蔵さんが知ったんです。忠八さんが大変な目に遭ってるって」

「…………」

「五郎蔵さんは、もう十年も前の雪の夜、金がなくなって親子で無理心中をしようとしたところを、忠八さんに助けられて、お金を恵んで貰った。それだけじゃなくて、その頃、知り合いだったテキ屋の親分さんに頼んで、五郎蔵さんを預けたらしいんです。お陰で、一端《いっぱし》の露天商売人になって、立派なテキ屋仲間の世話役にもなったとか……だから、ここぞとばかりに、恩返しに来てくれたんですよ」

丁寧に説明する丹波の純粋な瞳《ひとみ》に、伊佐次は面倒臭そうに溜息《ためいき》をついた。だが、丹波は気にすることもなく、

「だから、あなたも最後くらいは、気持ちを綺麗《きれい》にしてから、奉行所へ恐れながらと出向いていきませんか？」

「なんで俺が……」

さらにふて腐れる伊佐次を、八剣は見下ろして言った。

「代官役人を殺したのは、おまえじゃない。木枯らし一家の奴らだってことが、少しずつ分かってきた。おまえも知ってる、栄五郎の子分たちだ」

「………」

「そいつらを庇《かば》う〝隠れ宿〟なんかをやってりゃ、おまえも罪になるのは、百も承知だろう。だが、そこな忠八の息子を、おまえが殺したことは、繁次がすっかり話したし、他にも見た者がいる」

「他に見た者……ふん。そんな奴がいりゃ、とっくの昔に、奉行所に届け出てるはずだ。俺はやっちゃいねえ」

断固、伊佐次は知らぬ存ぜぬを通した。

すると、忠八がゆらりと立ち上がって、伊佐次に近づきながら、

「――俺が、見てたんだよ……この目でな」

「!?……」

驚きの余り、伊佐次は生唾《なまつば》を飲み込んだが、嘘だと首を振って、

「でたらめを言うねえ。あの夜は、土砂降りで、誰が誰かなんて……」

と言ってから、一瞬にして表情が凍りついた。

「あの夜は……ってのは、いつのことだい」

八剣がすぐさま詰め寄った。

「やはり、おまえがやったんだな」

「…………」

「だが、忠八さんは薄々、おまえがやったと気づいていた。でもな、お上に届け出なかったんだ……なぜだか分かるかい」

真っ青な顔になった伊佐次は、もはや八剣の声が耳に入っていないようだった。

「おまえにも小さな子がいたはずだ。もし、人殺しで処刑されたら、養い親がいなくなる。しかも、おまえが罪を犯したのは、自分が下手に金を貸してしまったせいだ。自分の息子の祥吉は、自ら悪い道に入ったから、自業自得だと……そんなふうに思って、黙っていたんだとよ」

「…………」

「俺にはさっぱり理解できないがな、こういう人間が世の中にはいるんだ」

「お、俺は……」

伊佐次は何かを言いかけて、口をつぐむと、八剣は責めるように訊《き》いた。

「俺はなんだ」

「……祥吉に、詰め寄られて……ついカッとなっちまって……ああ、旦那方《だんな》の言うとおり、俺は、忠八さんに何度も金の無心をした……この人は、本当にお人好《よ》しで、自分の都合のつく限り、面倒を見てくれた」

「で……」

「だが、あのときは……あのときは、逆なんだ……そうだろう、忠八さん」

遠い目になった伊佐次は、忠八に縋《すが》るように語りかけた。

「たしかに、祥吉は繁次の使いっ走り程度のガキだった。けど、この忠八さんとは違い過ぎるくれえ、悪いことばかりをしてた。このままじゃ人殺しもする。俺はそう察してたよ。何十人も似たような悪ガキを見てきたからな」

「…………」

「だから、俺はちょいとばかり説教をしてやったんだ。今なら、まだ人並みの暮らしに戻れる。親の所へ帰れってな。そしたら、祥吉のやろう……あんな父親なんかいらねえ。俺はとことん悪の極みを尽くしてえなんて、言い出すんだ。ぞっとするくらい冷たい目でな」

「それで？」

「ガキが悪ぶるのは、麻疹《はしか》みたいなもんだから、ほっときゃいつかは、まっとうになる。俺や繁次みたいに、足を洗いたくても遅くなりゃ、どうしようもねえが、祥吉はまだ子供だ……けど、忠八さんが……始末してくれと金をくれたんだ」

「なんだと!?」

八剣は凝然となったが、丹波も坂下たちも目を丸くして見守っていた。

「――こんな子供を世間に置いてりゃ、いつか必ず人を傷つける。そうなる前に、始末してくれと、忠八さんが……でも、そんなことはできねえ。親父の思いを説教してたら、祥吉のやろうがいきなり刃物を突きつけてきて、ここを……」

伊佐次は自分の首から頬にかけてある刀傷を撫《な》でながら、

「気がついたときには、俺が刃物を奪い取って奴を刺してたんだ」

「てめえ、言うに事欠いて、この期に及んで、そんな作り話をしようってのかッ」

思わず伊佐次の胸ぐらを摑《つか》んだ八剣は、押し倒して馬乗りになった。勢い余って、伊佐次は床で頭を打ち、うっと呻《うめ》いた。

「よして下さい、八剣様……」

忠八が止めに入った。

「伊佐次さんの言うとおりです。俺が、祥吉を……息子を殺してくれと頼んだんです」

「そんなバカなことが……」

「本当のことなんです。俺は怖かった……どんどん祥吉が酷《ひど》くなっていく。俺だって説教はしたが、もう歯止めが利かないくらい……そんな子供にしたのは俺だ。だから、自分で始末するしかない。けど、この手で……自分の手で殺すことなんてできない。だから……」

「嘘でしょ、忠八さん」

今度は、片隅で見ていた幸之助が声をかけた。

「参道を見てご覧なさいな。あんなに、あんたのことを心配して、集まってくれてるじゃありませんか」

「有り難いことです。でも、俺は……本当に祥吉を……このままでは、とんでもないことをしでかすと思ったんですよ」

「——それがまことなら、世間は勘違いをしてたってことかい」

八剣はやるせない顔になって、忠八を見つめた。

「どんなに人様の役に立とうと、俺は息子ひとりをまっとうにできなかったし、娘だって幸せにしてやれなかった」

「大勢の人が助かったってのに、何だってこんな……」

幸之助もスセリもがっかりしたように、項垂《うなだ》れていたが、丹波だけは妙にサバサバした様子で、忠八に向き直った。

「しかし、どうして忠八さん、あなたはそこまで親切を施してきたんですか」

「後悔したくなかったからです」

「……というのは？」

「その昔、寒い日でした……うちに物乞《ものご》いにきた人がいました。わずかな金と食べ物欲しさだったんでしょうが、こっちも商売を始めたばかりで余裕がなくてね。けんもほろろに追い返しました」

「………」

「そしたら、翌日……雪の降る日でしたが、その物乞いが、道端で死んでたんです。小さな子供と一緒でした……私のせいで死んだ……子供がいるとは知らなかったけれど、俺のせいだ、と……」

悲惨な姿を思い出したのか、忠八は急に嗚咽《おえつ》して、止まらなかった。

丹波は静かに言った。

「忠八さんのせいじゃないでしょう……でも、たとえ誰であろうと、二度とそんな目には遭わせたくない。そう思ったんですね」

「――え、ええ……」

「自分の目に入ったことは、すべて自分のせいだと思ってしまう……それって、神様の思いと同じなんですよね。自分が助けなくてもいい。他の誰かがやってくれる……そんなふうには思わないんです。見て見ぬふりはできないんです」

「…………」

「あなたこそ、八百万《やおよろず》の神様のひとりかもしれませんね。八百万の神様たちは、自分の身を犠牲にして、人々の暮らしを陰で支えている。だから、みんな何不自由なく暮らせる。田畑から米ができるし、森に実はなり、川や海に魚が来る。みんな神々のお陰……それと同じように、忠八さんは自分を犠牲にしてまで、目の前の困った人を救ったんです」

「そ、そんな大層なことではありません……お陰で、息子を死なせるハメに……」

そこまで忠八が涙ながらに言ったとき、お熊に連れられておみよが入ってきた。申太郎も一緒である。

「お父っつぁん……」

呼びかけた声に振り向いた忠八は、おみよの姿を見るなり、申し訳なさそうに深々と頭を下げた。話は聞いていたのであろう。おみよは、首を振りながら、

「私も、お父っつぁんみたいな優しい人に助けられました……あんちゃんのことは残念だけれど……私も、おっ母さんのために、少しは役に立ちたい……」

と泣きそうな声で言った。

その肩をそっと抱きしめる申太郎を見て、忠八は娘も苦労したであろうことを察し、さらに頭を下げた。

「すまねえ……すまなかった……」

しっかりと、おみよの手を握りしめる忠八の姿を、丹波たちは安堵《あんど》したような目で眺めていたが、

「みなさん、正直に話してくれて、神前での禊祓《みそぎはらえ》は済んだも同然です。でも、人として、御定法は守らなくてはなりませんからね。忠八さんと伊佐次さんは、南町の大岡様に正直にお話し下さい。繁次さんも、きちんと証言をして下さいね」

そう言って、一同を宥《なだ》めるように続けた。

「これからは、神様がずっと見守り続けていると思って、やり直して下さい。どうか、

お願いしますね」

　直ちに、奉行所でのお白洲《しらす》が開かれ、大岡越前守の裁きによって、忠八は女房を療養させるために江戸所払いとなり、伊佐次は入牢《じゅろう》の後、島流しとなった。が、島役人付の中間《ちゅうげん》扱いとされ、いずれ御赦免方によって江戸に戻ることは許されると約束された。そして、繁次は無罪放免となったものの、生業につくことが条件だった。

　一件落着の後、光右衛門は、八剣やスセリ、お熊と『伊呂波』の店内で、寄り集まって談笑をしていた。

「大岡様とて、ただのお裁きではないのだ……すでに、罪人の心の中が綺麗《きれい》になっているから、軽くて済んだのだ……何の反省もないまま処刑されたのでは、本当に救われないからな……」

　光右衛門が言うと、お熊は微笑んで、

「そうだけどさ……あの禰宜《ねぎ》、大丈夫なのかい？　あたしゃ、どう見ても、頼りなく思えるけどねえ」

　と言うと八剣が真顔で、

「意外と芯《しん》はあるような気がするぞ。ぽわんとしてるが、結局、忠八たち、みんなの心を救ったわけだからな」

噂をされているとも知らず、〝かも禰宜〟こと丹波は、境内を掃き掃除しながら、何度も、大きなクシャミを繰り返していた。

「一褒め、二腐し、三惚れ……四回以上やると、なんだっけ……神笑いか、ふわっくしょん！　くそくばんめえ！」

もう一度、神殿が揺れるほどのクシャミをした。

そのとき――ゆらりと幸之助が近づいてきて、

「私はどうなるんでしょうか、〝かも禰宜〟さん……少しは人助けしたんですから、貧乏神じゃない神様になれるんでしょうかねえ」

「え？　何の話です？」

丹波はまた大クシャミをしそうになったが、途中で止まってしまって、なんとも苦しそうだった。

第四話　幻の神宝《かんだから》

一

神社の朝は、お浄《きよ》めという掃除から始まる。神殿を開けて、御神酒《おみき》、米、塩、水を供えて日拝詞を奏上する御日供《おにっく》をして、その日の行事のための御神饌《ごしんせん》などの用意をする。青葉が繋る中、予定していた社頭での祈禱《きとう》などを執り行っていると、

「どうか、どうか。私の孫娘を助けて下さいませ。生き返らせて下さいませ」

と老婆が訪ねてきた。

正絹の着物に品のいい帯柄の、温厚ないでたちである。白髪も綺麗《きれい》に結い整えられており、言葉遣いも穏やかだった。

拝殿の前で、丹波とスセリが振り返ると、その老婆は丁寧に頭を下げて、

「神主と巫女《みこ》さんですよね。近所の氏子さんから、新しい神主さんは何でも聞いて下

さる。願いを叶《かな》えて下さると教えて貰《もら》ったものですから、無理を承知でお頼みに参りました」

と言った。物腰のわりには、悲痛な雰囲気が漂っている。

「なんでございましょう。私にできることなら、何なりと」

丹波はすぐに答えたが、スセリは袖《そで》を引っ張って、

「生き返らせて……なんて言ってたでしょ……また変なのだから、関わらない方がいいのではないでしょうか」

と小声で言った。老婆は耳が少し遠いようで、スセリが呟《つぶや》いたことを気にする様子もなく、ただ必死に頭を下げて、

「お願いというのは他でもありません。もう一度、孫娘に会いたいのです」

そう切り出した。丹波たちが何か言おうとしたが、それも気にせず、

「実は……七年程前のことなのですが、まだ生まれたばかりの孫が、何者かに連れ去られたのか、いなくなってしまったのです。大騒ぎになって町方の旦那《だんな》方も探索をしてくれたのですが、結局、下手人は見つからず……」

「そんなことが……」

「ええ。その日は、七五三の宮参りをしようと、別の神社ですが出かけている途中の

出来事でした。私がちょっと目を離した隙に……だから、私のせいなんです。私が殺したも同然なんです。どうかどうか、大切な孫を生き返らせて下さいまし」

「お気持ちは分かりますが、お内儀《ないぎ》。亡くなった人を生き返らせるということは……」

と言いかけた丹波に、

「今、神主さんは言ったではありませんか。できることはすると」

「ですから、残念ではありますが、死人を生き返らせるというのは、無理なことで」

「そんな……だって、今度の神主さんは、伊勢神宮から来た御仁で、前のぼんくらとは違って、倭姫命《やまとひめのみこと》の流れを汲《く》む凄《すご》いお方だから何でもできるって、みんな言っていますよ」

「みんなって……そんなバカな……」

丹波はぽつりと呟いてから、丁寧に言い訳をした。老婆は思い詰めているようで、当たり前の判断ができなくなっている様子だ。下手に刺激をして、突拍子もないことをされては困る。丹波は宥《なだ》めすかすように社務所に招き入れて、事情を聞くことにした。

もしかすると惚《ぼ》けていて、町内を徘徊《はいかい》している老婆かもしれないからだ。名を訊《き》くと、すぐに米問屋『山城屋《やましろや》』のご隠居の内儀で、お喜美《きみ》だと分かった。スセリはそれを確かめるために出かけ、丹波は老婆の相手をした。

しかし、お喜美は自分の言い分だけを一生懸命に語り、丹波の話はろくに聞かなかった。とにかく、孫娘を生き返らせてくれの一点張りである。

「だって、神主さんは、〝十種《とくさ》の神宝《かんだから》〟を扱えると聞きましたよ。それって、死者を蘇《よみがえ》らせる霊験があって、禰宜《ねぎ》さんのような偉い人が神法を行えば、蘇らせることができるって」

「いや、そんなことは……」

「ないのですか？」

「たしかに、物部《もののべ》氏の伝承の中には、そういう話もありますし、『旧事本紀《くじほんぎ》』にも記されていますが」

「でしたら、是非……」

「もし、出来たとしても、私如きには無理でしょうな」

「だったら、出来る人を連れてきて下さい。そして、孫の命を返して下さいまし」

切羽詰まった言い草に、〝十種の神宝〟について、正しいことを伝えておかねばならないと丹波は思った。

「遠い遠い昔、天津《あまつ》神《かみ》の命を受けた瓊瓊杵尊《ににぎのみこと》の兄、饒速日命《にぎはやひのみこと》は、天磐船《あまのいわふね》に乗って、河《かわ》内《ち》国に天下ったとき、天照大御神《あまてらすおおみかみ》が、饒速日命に〝十種の神宝〟を授けて、鎮魂の法を教えたんですわ。この饒速日命は、後の物部氏の祖神《おやがみ》で、その子の可美真手命《うましまでのみこと》に〝十種の神宝〟と鎮魂の法を教えて、さらに、天武天皇に捧《ささ》げたんです。それで、長寿を祈って、新嘗祭《にいなめさい》の前日に鎮魂祭が行われるようになったんですよ」

「そんな話はどうでもいいです。私にとっては、ただただ孫のことが……」

「まあ、大事なことですから、お聞き下さい。でないと、霊力を伝えることができないかもしれませんよ……〝十種の神宝〟というのは、鏡がふたつ、剣がひとつ、玉が四つ、比礼という女の人が首にかけるものですが、これが三つ……つまり、沖津鏡《おきつかがみ》、辺津鏡《へつかがみ》、八握剣《やつかのつるぎ》、生玉《いくたま》、死返玉《まかるかえしのたま》、足玉《たるたま》、道返玉《ちがえしのたま》、蛇比礼《おろちのひれ》、蜂比礼《はちのひれ》、品物之比礼《くさぐさのもののひれ》……なんです」

「…………」

「天皇が継承してきた〝三種《さんしゅ》の神器《じんぎ》である三種の宝物すなわち、八咫鏡《やたのかがみ》、八尺瓊勾玉《やさかにのまがたま》、草薙剣《くさなぎのつるぎ》と同じく、鏡と玉、剣は呪術《じゅじゅつ》の力を持つ霊器として崇《あが》められてきたんです。だから、あなたのおっしゃるとおり、たしかに長寿や命を蘇らせる霊力はありますが、使い方を間違えれば、危ないのです」

「私の命はどうなっても構いません。孫娘と入れ替えて貰って結構です」

「入れ替えるって、水や酒じゃないんですから……でも、たしかに『旧事本紀』には、『天神祖神おしえのりごちてのたまわく、もし痛むところあらば、この十種の宝をして、ひと、ふた、みよ、いつ、むゆ、ななや、ここのたり、といいて、ふるえ、ゆらゆらとふるえ、かくせば、死《まか》れる人も生き返りなん……』と書かれており、今述べた〝十種の神宝〟の持つ呪力のうち、死返玉や道返玉などは、蘇らせる力があります」

「だったら……」

「ですが、この〝十種の神宝〟がそもそも、どのような形をしているのか、書き残されていないし、私たちが見ることもできません。ですから、あなたが望んでも、手にして崇めることもできないのですよ」

最後の方は、丹波も冷たいくらい言い放したが、お喜美は諦《あきら》めきれない顔で、

「どうすれば叶えられるんですか。お願いです。あなたしか頼る人はいないんです。どうか、どうか……！」

と必死に取りすがっていた。

「ちょ、ちょっと……袖が破れます……か、勘弁して下さい」

丹波が困っていると、ひょっこりと訪ねてきたお熊が覗《のぞ》き込んで、

「おや、梅錦《ばいきん》さんじゃございませんか。どうしたんです、また」

と声をかけた。

「ばいきん……？」

小首を傾げた丹波に、お熊は微笑み返して、

「俳号ですよ。この方ね、『山城屋』さんのご隠居のお内儀でしてね、米問屋の」

「あ、それは本当のことだったんだ」

「ご隠居が亡くなってから、月に一度、うちでやっている句会に来ているんです。句会といっても、町内の俳諧《はいかい》好きが集まって、季語も字数もいい加減で、でたらめに詠んでいるだけですがね。私にとっちゃ、茶店の売り上げになるから、せっせと世話役をね」

お熊の顔を見た途端、梅錦と呼ばれたお喜美は救いを求めるように、

「ねえ、『伊呂波』の女将《おかみ》さん。この神主さん、頼りになるって噂、本当なんですか。〝十種の神宝〟を使って、孫娘を生き返らせてくれって頼んでも、できないんですって」

「そうねえ……この若造じゃ、まだ無理かもしれませんねえ」

若造呼ばわりされた丹波だが、事実だから否定せず、腹も立てず、お熊の言い分を

聞いていた。

「けどね、お喜美さん。いつか必ず、みっちゃんは帰って来るから、それまで辛抱強く待とうね。みっちゃんもきっと、お祖母《ばあ》ちゃんに会いたいと願ってるからさ」

「でも……」

「大丈夫だって。ほら、乾物屋の旦那《だんな》さんだって、帰って来たでしょ？　黄泉《よみ》の国から戻ってくるのは、神様の得意技だから、大丈夫、大丈夫。さ、うちのお茶、飲んで、吟行の真似事でもやろうか」

と慰めながら、上手《うま》い具合に社務所から連れ出した。去り際、目配せをしたお熊の態度から、やはりお喜美という老婆は、惚けているのかもしれないと丹波は察した。

「ふむ……近頃は、本気で奇跡が起こると信じている人間が増えたからな……神様も困ったもんだろうなあ。神様だって、それほど力はないってのに」

丹波は笑いながら溜息《ためいき》をついた。

二

江戸には、迷子が随分と多かった。

そのために、大事な子を失う両親も少なくなかった。中には、子供をさらっていく悪い輩《やから》もいた。〝神隠し〟に遭ったというのは、大抵が、子供を売り飛ばすために人買いがやっていたのである。

ゆえに、幼い子供には、着物に〝迷子札〟を付けさせて、何処の誰の子かということを、はっきりさせていた。今でいう「迷子案内所」のようなものを設置したのは、八代将軍の吉宗である。江戸市中の六ヵ所にある高札場近くの番屋がそれを兼ねていた。

米問屋『山城屋』を調べていたスセリは、その帰りに、ひとりの迷子を見つけた。まだ三歳ほどの男の子で、あまりきちんと喋《しゃべ》ることもできない様子であった。

しかし、帯にくくりつけるようにした、〝迷子札〟がある。それには、

『神田みみず長屋・静六《せいろく》・おかねの子・信吉《しんきち》』

と黒糸で縫いつけてあった。

あどけない顔の信吉の前にしゃがみ込んで、

「可愛いね。信坊ってのかい？」

と訊《き》くと、子供は「うん」と、めそめそ泣きながら頷《うなず》いた。スセリもまだ幼さが残る顔だが、やはり娘である。愛らしい小さな子を愛《いと》おしく感じたのであろう。ぎゅっ

と抱きしめて、

「こんな所にほっとかれて、危ないじゃないかねえ」

乱暴に走る大八車が通り過ぎて、濛々《もうもう》と土煙が上がった。

「大丈夫だよ。おねえちゃんが、連れてってあげるからね。さ、おいで」

手を引くと、信吉は大人しくついてきた。

〝迷子札〟に記されている『みみず長屋』というのは、神田佐久間町《さくまちょう》の職人街の一角に、ひっそりとあった。

その名のとおり、湿った感じがして、見るからに貧しい人々が仕方なく住んでいるような裏店《うらだな》だった。聞けば、昨年の火事で焼け出された人が、仮住まいしているらしく、住人たちもどこか精気がなかった。

「——さあ……こんな子は知らないねえ」

炊事や洗濯をしている井戸端のおかみさん連中はそう答えた。避難している人たちばかりだから、顔馴染《かおなじ》みが少ないのであろうと、スセリは思ったが、

「だって、こうして〝迷子札〟に書かれてあるんですよ……ええと、静六・おかねの子って、ほら……」

示して見せたが、誰も知らないと首を振るだけであった。

「大家さんなら知ってるかもしれないねえ」

と、ひとりのおかみさんが言ったとき、噂をすれば影で、年老いた大家が歩いてきた。火事で焼け出された人を助けるくらいだから、親切そうな顔をしていた。

「ああ……静六さんなら、よく覚えてるよ」

大家は頷いた。いや、頷いているのではなく、首が張り子の虎のように、ぐらぐら動いているだけであった。

「年を取ったせいか、どうも首がしっかりしなくてねえ」

笑った大家の歯も欠けている。スセリは思わず噴き出しそうになったが、大家が発した言葉がひっかかっていて、

「よく覚えてるって言いましたけど、静六さんはここにはいないんですか？」

「もう七年になるかねえ。夫婦でここに住んでたんだがね。ああ、おかみさんは、たしかに、おかねさんだった。名は体を表すじゃないが、金がすこぶる好きじゃった」

「七年前……？　じゃ、今はいないのですか、ここに」

「夜逃げをしたんだよ。別に店賃が滞ってたわけじゃないが、いつも財布は空っけつだったからねえ。おかねさんは内職してた。岡っ引なんざ、十手は持ってても、やくざな商売だから、いつもピイピイしてたしね」

「御用聞きの親分だったんですか」

「親分て程じゃないがね。ろくな手柄も立ててなかったし……とにかく、幼い子供を連れて夜逃げをしてから、音沙汰《おとさた》なし」

「ええ……？」

スセリは狐につままれたような気分になって、もう一度、〝迷子札〟を見せながら、聞き返した。

「ちゃんと親の名も書いてある。子供の名も」

「たしかに、これくらいの子はいたけれど、あのまま無事に育ってたら、もう十歳くらいになってるはずだよ。ああ、信吉だったかねえ……でも、この子のわけがない。余所《よそ》の子じゃないかい？それこそ迷子として届け出りゃいい」

「本当ですか？　大家さん、惚《ぼ》けちゃって、勘違いしてるんじゃないでしょうね」

「何処へでも行って聞いてみなさいな。町内ならば、静六親分のことを、今も覚えてる人はいると思うよ」

「……そうですか」

地面に足がついていない気がしてきた。スセリは、信吉の手を引いて長屋を去った。

町内の人たちに、静六夫婦のことを訊いてみた。たしかに覚えている人は多かった

が、今、何処で何をしているかを知っている人はいなかった。むしろ、

――あんな仕事をしてたから、誰かに殺されたんじゃないか……。

などという物騒な噂話も耳にした。

仕方がないから、姫子島神社に連れ帰りながら、

「この子を知りませんか？」

と手当たり次第、尋ねてみたが、誰も縁者は見つからなかった。

「本当に妙な話だな……では、この〝迷子札〟は一体、誰がつけたんだろう」

丹波も心配をして、子供に向かって、家はどの辺りか、両親の名を訊いても、はっきりとしなかった。三歳ぐらいに見えるが、もしかしたらもっと小さいのかもしれないし、頭が遅れているのかもしれない。

境内に子供の人相書を張り出し、参道や日本橋界隈《かいわい》の大店にも配って、一刻も早く、子供の身元を探し出そうと、丹波は一生懸命になった。

「きっと、親御さんは心配して、胸を痛めているに違いない」

「ええ……でも、何処の高札場の番屋にも届けていないのが、気になるといえば、気になる……本当に親は何をしてるのかしら」

「スセリに懐《なつ》いているようだから、親が見つかるまで、面倒を見てやってくれ」

「言われなくても、やりますよ。ねえ、信坊……おねえちゃんのこと好きだよね」

頰を撫《な》でても、信吉は寂しそうな目で、おとなしく座っているだけであった。

一方――。

お熊は、句会に使っている『伊呂波』の二階の部屋で、お喜美に飯を食べさせていた。だが、孫娘のことで、随分と思い悩み、ろくに物が喉《のど》に通らないようだった。

「お喜美さん……余計なことかもしれませんがね……まだ死んだと決まったわけじゃないんだから、そう悲観せずに……」

慰めのつもりだったが、お喜美にしてみれば、傷口に塩を擦り込まれるようなものであった。だが、お熊の気だての良さや、優しさはよく知っている。素直に、その言葉を受け入れながら、

「――孫というものは、子供とは違って何とも言えず可愛いもんなんです。誰がなんといおうと、この世で一番大事なんです」

「お孫さんてのは、跡取りの息子さんの子なんですか？」

「いいえ。嫁いだ娘の……」

「そうでしたか。何も知らずにご免なさいね。句会に来ても、いつも明るいし、そういうことがあったなんて、ちっとも知らなくて」

「とんでもない……神主さんの前で、あんなに取り乱して、私、どうかしてたんですわ。お熊さんに助けられた……」

気持ちが落ち着いたのか、上品な雰囲気がさらに高貴に見えるほどだった。お熊はにこりと微笑みかけて、

「私ね……実の二親を早くに亡くしたから、ずっと思ってたんです。お喜美さんのような人が、お母さんだったらって」

「おや、私なんて……」

「旦那《だんな》様を長い間支えて、息子さんたちを立派に育てた。蓮《はす》っ葉《ぱ》な私なんかに、叶《かな》いっこない夢でしょうが」

「とんでもありません。お熊さんは若くて、美しくて、賢い……いいとこばかりじゃないですか。もし若返ることができるなら、あなたみたいになりたいわ」

「いいえ。私、句会なんて開く柄じゃないですが、これも食べるため……けれど、みなさんの素朴で純粋な俳句を聞いたり、詠んだりしているうちに、気持ちが綺麗《きれい》になっていくような気がするんです」

「私にとっては、発散かもしれません。鬱屈《うっくつ》の日々ばかりでしたから」

「そんなことは……」

「いいえ。旦那はあれで結構、厳しくて癇癪《かんしゃく》持ちでね。商売人だから仕方がありませんがね。お客様に当たり散らすわけにはいきませんから」

「誰だって、ありますよ。そういうの」

「ですかねえ」

「私だって、金儲《かねもう》けのため花鳥風月を学ぼうとしているようなものですから、いつも駄句ばかり。季語が何かも知らないし……でも、お喜美さんは色々と教えてくれた」

「大したことはありませんよ」

お喜美の俳句を、お熊はとても気に入っているのだが、どの句にも喪失感があって、寂しい気持ちが漂っている。そのただならぬ情感が、お熊は気になっていた。しかし、お喜美は自分の過去や家族のことをあまり話そうとはしなかった。

それなのに、今般の神社での騒動である。それは意外だったが、お熊だって人に言えぬ事情はいくつもある。はっきりと言葉にせずとも、年は違えども女同士で通じあう気持ちがあったのであろう。お熊は不思議と、お喜美と一緒にいると落ち着くのだった。

「——娘来い花の筏《いかだ》に乗せてやる」

独り言とも俳句とも思える言葉を、ぽつりとお喜美が洩《も》らした。

桜はすっかり散って、池や川面《かわも》に筏のように広がっている情景だが、孫娘がいなくなった時節のことであろうか。間もなく、夏越《なごし》の大祓《おおはらえ》であるのに、やはり、孫娘のことが気になって仕方がないのであろうと、お熊は改めて感じ入った。

三

そんな矢先、丹波の描いた人相書が功を奏して、信吉の両親が見つかった。

神田とは正反対の芝神明《しばしんめい》に居を構えている『淡路屋《あわじや》』という普請請負問屋の息子だったのだ。たまさか、日本橋の両替商に出かけてきていた番頭の嘉助《かすけ》が、人相書を見て分かったのである。

「いや、そうでしたか……そりゃ、よかった、よかった」

丹波は我が事のように喜んだ。社務所に連れて来た嘉助の顔を見て、信吉はわっと抱きついた。その様子に、スセリもほっと安堵《あんど》した。

「お役人には届け出ていたのですが、手がかりがなくて、旦那様は身を切られる思いで過ごしておりました」

嘉助は信吉を優しく抱きしめながら、

「でも、ああ……よかった……実は、身代金目当てに、誰かにかどわかされたのではないかと、心配していたのです」

「何か心当たりでも？」

「そういうわけではないのですが、時々、妙な輩《やから》がうろついてましたので……今まで何事もなかったのですが……うちは商売柄、色々な者が出入りしますし、乱暴な連中もいますからね」

普請請負は、公儀の普請に関わる仕事が多く、それゆえ入札やら材木や石材の手配やら、人足の監督まで、厄介事が付きまとっている。ゆえに、店としては矜持《きょうじ》をもって務めねばならなかった。少しでも隙を作れば、強請《ゆす》られたり、たかられたりする危険もあったからだ。

「でも、本当によかった……信之助《しんのすけ》ちゃん。お父っつぁんも泣いて喜ぶよ。店の奉公人たち、みんなもな」

「――信之助ちゃん？」

スセリが不思議そうに訊《き》くと、嘉助はすぐに答えた。

「ええ。この子の名ですよ」

「信吉ちゃんじゃないんですか、ほら」

と例の〝迷子札〟を、スセリはめくって見せた。嘉助が、

――おや？

という顔になるのに、スセリは言った。

「信坊って呼びかけたから、この子、頷《うなず》いたのでしょうかねえ」

「かもしれませんね。店でも、手代らは、信坊って言ってますから」

「だから、自分の名を呼ばれたと思ったんですね、この子。たまたま同じだったんだあ……それにしても変だなあ、この〝迷子札〟」

「下働きの女が、名前を縫い間違えたのでしょうか」

嘉助はそう呟《つぶや》きながらも、両親の名が違っているので、不思議そうに首を傾げたが、なぜか、凝然となって目を見開いた。

「心当たりでも？」

丹波が訊くと、嘉助は明らかに動揺したようだが、首を横に振りながら、

「いいえ、まったく……」

子供の名前は信吉ではなく、信之助だった。だから、信坊と呼びかけても頷いていたのであろう。

だが、信吉の帯に結ばれていた迷子札の名前を見て、嘉助は幽霊にでも出会ったよ

うに驚愕《きょうがく》した。その余りの異様さに、スセリは訳を尋ねるが、

「何でもありません」

と懸命に首を振るだけの嘉助であった。

丹波は何気なく見ていたが、スセリの方は不自然なものを感じ、すぐさま八剣竜之介に相談をしてみた。

――その迷子札には何かある。

そう直感した八剣は、七年前にフッツリ姿を消した岡っ引の静六の一家について調べてみることにした。

スセリに案内されるままに、神田の『みみず長屋』を訪ねてみると、なぜか南町奉行所の定町廻《じょうまちまわ》り同心・坂下善太郎と岡っ引の般若《はんにゃ》の浜蔵がうろついていた。

「これはまた、珍しいお方が……こんなうらぶれた長屋に何の御用ですかな」

と坂下が言った。町場は自分たち町方の縄張りであり、寺社役が口を出すものではない、とでも言いたげである。

だが、町方は寺社地に踏み込むことはできないが、寺社役が町方の事件に首を突っ込むのは勝手である。支配違いとはいえ、武家が町場の事件を探索するのが勝手とい

う理屈と同じである。

八剣が、静六のことを調べていると伝えると、坂下も驚いて、

「なんで、また……」

と不審げに探るような目になった。スセリが粗方、これまでの話をすると、

「なるほど……実は俺たちも妙な投げ文があったのでね、ちょいと」

「投げ文？」

「まあ、そっちはいいじゃねえか、それより、静六のことだが……浜蔵、おまえの方がよく知ってるんじゃないのか？」

坂下が水を向けると、浜蔵は岡っ引仲間の打ち明け話をすることに少しためらったが、

「ようござんす……あの一件は、俺も追いかけたんですが、結局、〝くらがり〟に落ちてしまいましたから、悔しさも残ってやす」

と、いつになく殊勝な顔で言った。

「たしかに、そのような事件がありました。静六が夜逃げをしたってことです……静六親分は、俺にとっちゃ兄貴分みたいなもので、たまにですが、屋台酒を一緒に飲んだこともあります」

「ふうん、そうかい。ダメな岡っ引同士が傷でも舐《な》め合ってたか」

「八剣の旦那《だんな》……からかうなら、話すのをよしましょうか」

「これは済まぬ。いつもの癖でな。頼む、聞かせてくれ」

「なんだか、人に物を頼む態度じゃねえなあ……まあ、いいや。あっしも、ずっと気になっていたことですから、八剣の旦那が手を貸してくれたら、霧が晴れたように何かが分かるかもしれませんからねえ。何しろ、神様にお仕えする御仁だから」

「そっちも皮肉かい」

苦笑する八剣に、浜蔵も口元に笑みを浮かべてから、

「——静六は、北町与力の秋月《あきづき》様に御用札を貰《もら》って、十手捕縄を預かってやしたが、実は……その秋月様から預かった二十両の大金をネコババして、一家して夜逃げしたんで」

「金を盗んで……」

「へえ。でもね、静六さんは、バカがつくほど真面目な男で、博打《ばくち》をするでもなく酒に溺《おぼ》れるでもないし、金に目が眩《くら》んだとも考えにくいんでさ。たしかに、岡っ引としちゃ大した腕じゃありませんでしたがね、それは俺と違って、手柄を立てたいって欲がねえだけで」

「おまえは欲があるんだ。それにしちゃ、スカばかりだな」

「八剣様あ……」

「すまん、すまん。続けてくれ」

「ですから、静六さんがそんなことするわけがないって、十手持ち仲間は誰でも思ってやしたよ。だから、それこそ神隠しにあった……としか言いようがなかったんです」

「親子三人、揃ってか」

「そこんところが、あっしらも妙だなと思ってたんですが、ねえ……旦那」

浜蔵に振られて、坂下は頷いたが、北町の事件だから、あまり詳しくは知らなかった。もっとも、岡っ引の家族が一夜にして消えたのだから、不思議に思わぬはずがない。仕事柄、

――もしかしたら、何か事件を探索していて、殺されたのではないか。

という疑いも感じていた。

「思い当たる事件でもあるのかい？」

八剣が問いかけると、

「ないことは、ありやせん……」

と浜蔵が答えた。

「長屋の人々も初めは噂してやしたが、本当のことってのは、年月が経てばうやむやになっていきやすからね……事実、静六親子のことも、すっかり忘れられてる」

「うむ。で、おまえが知ってることとは？」

「その頃、いなくなるちょいと前ですが、静六さんは、ある大工殺しの一件を、探索していたんです」

「大工殺し……」

「へえ。その大工は、隅田川《すみだ》に架かる新大橋の改修普請に携わっていた弥平《やへい》という棟梁《とうりょう》のこってす」

「弥平、な」

「一仕事終わって、仲間と酒を飲んだ帰り、不幸なことに辻斬り《つじぎ》に遭い、財布などを奪われたということでした。静六は、その下手人と思われる浪人を突きとめた矢先に失踪《しっそう》したんです」

「なるほど……で、その浪人とは」

「はっきり分かってりゃ、苦労はありやせんや。静六さんがいなくなったんで、そっから先が進まなかったんですよ」

「ふむ……」

八剣は腕を組んで、短い溜息《ためいき》をつき、

「静六に縁故のある者は調べたのかい。行き先が摑《つか》めるかもしれないだろう」

「あっしも当時け、色々と当たってみやしたがね……その頃ですら、分からなかったのだから、今となっちゃ、ねえ……それに江戸にいる縁者といえば、日本橋の米問屋の『山城屋』くらいで……」

「ええ!?」

素《す》っ頓狂《とんきょう》な声を上げたのは、スセリである。例の〝十種の神宝〟で孫娘を蘇《よみがえ》らせてくれと頼みに来た老婆のことを、思い出したのだ。その事情を聞いていた八剣も、

──何かある。

と、すぐに感づいた。

「なんでえ、ふたりとも知ってたんですか」

「そうではない。静六と『山城屋』はどういう関わりなんだ」

「静六さんの女房・おかねさんが、先代の『山城屋』のお内儀の娘でさ……後妻だから、山城屋の主人とは血の繫《つな》がりはねえんですが、岡っ引の女房になるなんてことは、そりゃ反対をされたそうですよ」

「ほう。そうだったのかい……」

だが、お喜美は、静六夫婦については何も語っていないという。そこにも妙に引っかかる八剣であった。

四

改めて、坂下と浜蔵に、静六の失踪について調べさせると、意外なことが分かった
ようで、八剣のいる姫子島神社の社務所まで報《しら》せに来た。
坂下は、なんで寺社役の命令に従わなければならないのだと、クサクサしていた。
が、浜蔵は兄貴分のことだし、長年、気になっていたから、率先して探索したほどだ
った。
そこで見えてきたのは、
——静六が失踪したのは、大工棟梁の弥平の死の真相を掴んだ直後だ。
ということだった。
静六の掴んだ真相が何かは明瞭《めいりょう》ではない。しかし、
——当時、新大橋の改修普請において、手抜きがあったことを、弥平は知った。そ

の事を普請奉行に訴え出ようとしたがために、殺されたのではないか。

という噂があったのだ。

「またぞろ、公儀の普請に纏《まつ》わる話か……今も昔も、お上のやることに楯《たて》を突いたら、殺されるハメになるんだよなあ」

坂下もしみじみ言った。そういう事件を幾つも見てきたような言い草である。

「つまりは、口封じのために消されたってことかい」

八剣が尋ねると、浜蔵は頷《うなず》きながらも、

「それだけではないような気がしやす。てのは、それなら静六本人だけでいいことで、妻子まで殺すことはねえ」

「しかし、残忍な奴らなら、そんなことはお構いなしだろう」

「――ちょっと、待って下さい」

口を挟んだのは、丹波である。いつものように淡々と、

「殺されたと、決まったわけではないでしょ。あくまでも、失踪であって……もしかしたら、何処かで生きているかもしれない」

「だとしても、それは身の危険を感じたから逃げたんだろうよ」

と八剣は言った。

「むろん、生きててくれりゃいいが、坂下の旦那《だんな》……ここはひとつ、町方としてもしっかり調べ直した方がいいんじゃないか？」

「え、なんで俺が……」

「岡っ引のことではないか。永尋ねになったままのものを、掘り起こしたら、おまえさんの手柄も増えるってわけだし」

手柄という言葉に弱い坂下は、浜蔵も気合いが入っていることだし、一丁やってみるかという気になった。

半刻後、『伊呂波』では——。

お熊が、句会を終えたお喜美を誘って、四方山《よもやま》話をしていた。もちろん、八剣の命令に従って、探りを入れるためである。事が事だけに、刺激をするのはよくないし、実の娘の失踪に関わる微妙な事件だからだ。

丹波も白衣《びゃくえ》のまま、何気なく同じ座敷で茶を飲んでいた。

「神主さんもおいでになるのですか……」

不思議そうに見やるお喜美に、丹波はにこりと微笑みかけて、

「禰宜《ねぎ》も人間ですからね」

「そうなんですか」

「え、ええ……ご飯も食べるし、屁《へ》もこきますよ」

「まあ……私はてっきり、神主さんや巫女《みこ》さんというのは、神様の子孫かと思っておりました。ふつうの人間なんですか。だったら、無理ですよね……」

お喜美は、〝十種の神宝〟で孫娘を生き返らせる霊力がないことに、ガッカリしたのだ。しかし、お熊は慰めるように、

「諦《あきら》めることはありませんよ。お喜美さんのおっしゃるとおり、神主に限らず、この世の中には、国造りをした神々の血を受け継ぐ者たちは沢山いるんです。神様と人間が混じっているといっていいでしょうかね」

「そうなんですか……」

「神様は悪い人間たちに、どんどん山の奥に追いやられて、人里には住めなくなったんです。昔から、やっつけた相手を神様にして祀《まつ》るでしょ？　それは祟《たた》りを畏《おそ》れているからで、人間の身勝手な考えなんです。でも、本当は、神様は人を憎んだり罰したりしません。親が子を慈しむように、ずっと見守ってくれてます。いいえ、見守るだけではなく、力になってくれてるんです」

「…………」

「私たちがこうして生きていることだけでも、不思議でしょ？　神様が命を吹き込ん

でくれているからなんですよ」

分かったような分からないような表情で、お喜美は曖昧《あいまい》に頷きながら、茶を啜《すす》った。

「でも、私たち人間は、いつもいつも神様のことを気にして暮らしてるわけじゃない。人それぞれ事情があって、忙しいですからね。でも、一日一度でもいいから、感謝の思いを込めて手を合わせるだけで、神様も喜んでくれるのではないでしょうか」

「ええ、そうですね。私も毎日……」

祈っていると、お喜美は言った。丹波は、先日見た、何かが憑依《ひょうい》したような老婆と違って、おっとりとした様子に安堵《あんど》した。むしろ、本来の人柄のような気がした。

しかし、子供を連れて大店《おおだな》の後妻に入ったり、その娘が親の意に反して、岡っ引と一緒になったりしたことで、人に言えぬ苦労もあったのであろう。そんな暮らしから、お喜美の俳句には喪失感があったのかと、お熊は思っていた。娘夫婦と孫が「神隠し」にあったのなら当然であろう。だが、お喜美は、多くを語ろうとしなかった。

「でもね、お内儀……」

丹波はあえてそう呼びかけた。

「神様には本当のことを話さないと、救える者も救えないかもしれない」

「え。どういうことですか……私が嘘をついているとでも？」

「分からないことがあるんです。答えてくれますか？　神様に伝えるのが、神主としての私の務めですので」

さりげなく問いかける丹波の穏やかなまなざしに、お喜美はなぜか素直な気持ちになってきた。主人が隠居してから、根津《ねづ》の寮で暮らしていたし、その主人が亡くなってからは、寂しい思いをしていたに違いない。

店の跡取りは血の繋がりのない子だから、おのずと疎遠になっていた。その上、娘夫婦までいなくなって七年。喪失感は他人には分からないであろう。

「聞きたいこと、何でもどうぞ」

お喜美も本来は、堅苦しいのが嫌いなようである。

「この前、お内儀は、孫娘のみっちゃんを生き返らせてくれって願ってましたよね」

「はい……」

「娘さん……おかねさん夫婦の子には、信吉という男の子がいたんでしょ。他にも、お孫さんがいたってことですか？」

丹波の問いかけに、お喜美は少し表情が引き攣《つ》ったように見えた。

だが、すぐ穏やかな顔に戻り、みっちゃんには触れず、静六夫婦のことを、ぽつぽつと話し始めた。それは長年、人に明かすことのなかったお喜美にとっても、心の洗われる思いであるようだった。

「娘夫婦と孫は……誰かに殺されたのかもしれません……本当は私……そんなことを考えてるんです。未《いま》だに、私に便りのひとつもないんですから」

「…………」

「そりゃ、十手持ちに嫁いだのだから、婿が危ない目に遭うことは、ある程度、承知していたつもりですよ。でも、何かの事件に巻き込まれて、女房子供までが酷《ひど》い目に遭うなんて、絶対に許せません」

「なぜ、事件に巻き込まれたと？」

唐突な丹波の問いかけに、お喜美は不思議そうに目を丸くした。お熊も何を言い出すのだという顔になって、

「禰宜さん。そりゃそうでしょうよ。現実に、いなくなったんだしさ」

「私が聞きたいのは、どうして事件に巻き込まれたと、あなたが思ったかです」

「それは……娘たちがいなくなった翌日には、みんなで湯治に行こうって約束をしていたのです。まさか、私ひとりを置いて行くわけがありません。それに、静六さんは人様の金を盗むような人間じゃありません」

「なるほど。その話は、事件があった当時、お奉行所にも話しているんですね」

「もちろん」

「なのに、ちゃんと調べてくれなかったのですか」

「それどころか、与力様から預かった公金を持ち逃げしたという罪まで負わされました……ですから、商売をしているうちまでが、色々と世間に冷たい目を浴びせられて……そんな中で、病がちだった主人は亡くなりました」

「そうだったんですか……」

「だから、私はいつか必ず、静六さんの汚名をすすぎたいと思ってました……娘が惚《ほ》れに惚れて一緒になった人だもの……悪いことをするわけがありませんよ」

「それで、静六さんが関わった事件も、あなたなりに調べていたんですね」

「え……？」

どうして知っているのかという表情に変わって、お喜美は丹波を見た。

「いえね。南町の坂下さんや静六さんの弟分の浜蔵さんも調べているようですから」

「――そうでしたか……」

お喜美の表情は曇ったままで、言い訳めかして、

「こんな気持ちで、ずっとひとりで暮らしていると気が滅入《めい》ってきますからね……こうして、お熊さんの茶話会……いえ句会でしたね……ここに来ることで、気が晴れ晴

れしました」

「もしかして、普請請負問屋の『淡路屋』の息子に、迷子札をつけたのは、あなたでは？」

直截《ちょくせつ》な丹波の問いかけに、

「えッ……いいえ……何の話でしょう」

驚いたお喜美は、必死に知らないと首を振ったが、丹波の純朴そうな瞳《ひとみ》には、嘘をつけないと思ったのか、

「さすがは伊勢から来た神主さんですね……そのとおりです」

「では、『淡路屋』のご主人・藤兵衛《とうべえ》さんが、あなたの娘夫婦がいなくなったことに関わってる……そう思っているのですね。だから、藤兵衛さんの子供をさらって、いなくなった信吉さんの〝迷子札〟をつけたのですね」

「さらったなんて、そんな……」

お喜美は責め立てられたような気持ちになったのであろう。また先日のように、頭を抱え込んで、喉《のど》の奥で唸《うな》るように、

「返して下さい……孫も……孫娘も……返して……返して！」

と苦悶《くもん》の表情で、繰り返すのであった。

五

三日後の夜、姫子島神社の拝殿の前で、夏越《なごし》の大祓《おおはらえ》の準備が行われていた。大祓とは、人が知らず知らずの間に犯した罪や穢《けが》れを祓《はら》うことで、それによって災厄を避けるための神事である。

夏越では、〝茅《ち》の輪〟を潜る。そのとき、「蘇民将来《そみんしょうらい》」と唱えるのは、素戔嗚尊《すさのおのみこと》が旅の途中に、蘇民将来という者が貧しいながらも厚くもてなしたことに由来する。ちなみに、蘇民将来の弟の巨旦《こたん》将来は金持ちのくせに世話を拒んだがために、悪疫退治の〝茅の輪〟の作り方を、素戔嗚尊に教えて貰《もら》えなかった。

氏子たちに手伝って貰いながら、その〝茅の輪〟作りをしている丹波に、鳥居を潜って来た浜蔵が、

「八剣さんはいるかい」

と訊《き》いた。

「寺社役は忙しいから、いつもここにいるとは限りませんよ」

「そうかい……じゃ、またにすらあ」

立ち去ろうとする浜蔵に、手を休めた丹波は駆け寄って、

「ちょっと待って下さいよ。『淡路屋』について、何か分かったんですね」

「そうだが、禰宜《ねぎ》さんに言ってもしょうがあんめえ」

「探索については素人ですが、そう邪険にしないで下さい。これでも、心眼はありますから、何かの役に立つかもしれませんよ」

のっそりと言う丹波に、浜蔵は胸や脇の下を掻《か》き毟《むし》りながら、

「……なんだか、おまえさんを見てると、体中が痒《かゆ》くなってきてよ、苛々《いらいら》するんだ」

「私は別に痒くなりませんよ」

「だからッ……まあいいや。折角、来たんだから、茶ぐらいご馳走《ちそう》になろうか」

「茶なら、『伊呂波』に行きましょう。私も丁度、一息つきたかったところなんです。そうしましょう、そうしましょう」

先に歩き始めた丹波に、仕方なく浜蔵はついていった。

店先では、お熊が客の相手をしていたが、二階を指さして、

「ご隠居が来てるよ」

と声をかけた。

呉服問屋『伊勢屋』の光右衛門のことである。浜蔵は意外な顔になったが、丹波は

特に気にする様子もなく、店に入って奥の階段を二階に上がった。

おはぎを箸《はし》で食べながら、光右衛門は待ってましたとばかりに、

「おう、来たか。食え、食え」

と、ふたりにも差し出した。まるで来るのが分かっていたような態度の光右衛門に、浜蔵が怪訝《けげん》そうに訊くと、

「窓から見てたんだよ。この参道の石畳を、おまえさん、走ってったじゃないか。どうせ、『淡路屋』とお喜美のことだろう。だったら、すぐにこっちへ来ると思ってな」

「なんでだよ……どうもよく分からねえなあ、ご隠居も」

「お見通しってことだよ。で、どうだったね、『淡路屋』の主人、藤兵衛はまったく知らない仲でもない。正直に話したかね」

「正直に……？」

ますます訝《いぶか》しげに見やる浜蔵に、丹波が好物だというおはぎを頬張りながら言った。

「ご隠居は、千里眼の力があって、江戸中の何処で何が行われているのか、見えるんだって。だったら、わざわざ浜蔵親分に聞くこともないだろうにねえ」

「親分さんも、ささ……」

光右衛門はおはぎを勧めたが、浜蔵は茶だけ飲んで、

「おまえさん方、一体、どういう仲なんで？　八剣様といい、ここ『伊呂波』の女将《おかみ》といい、それからスセリも……」

「どういうって、神主に巫女《みこ》、呉服問屋の隠居と茶店の美人女将……それだけだよ」

「いや。それだけじゃあるめえ。俺の目を誤魔化そうたって、そうはいかねえ。こちとら〝般若《はんにゃ》の浜蔵〟と地廻《じまわ》りだって一目置く十手持ちだ。おまえらが尋常じゃねえってことくらい分かる。これまでだって、何かと妙なお節介ばかりやってるしよ」

探るように見る浜蔵に、光右衛門は意味ありげに微笑みかけて、

「親分さんも、そろそろ金魚の糞《ふん》は、おやめになった方がよろしいかと。坂下の旦那《だんな》についていてたって、ろくなことはありますまい」

「なんだとッ。坂下さんはな、俺の……」

「恩人……でも、所詮《しょせん》は親分さんの弱みを握って、上前をはねてるだけだ。そうやって義理立てするほどの町方役人ではないと思いますがねえ。親分さんは、もっと大きなことができる。いや、しなきゃならねえ」

「なんでえ、その大きなこととは」

「世の中を良くするってことですよ。ああ、言っておきますがね、坂下さんと一緒にやってるのは、ただの掃き掃除みたいなもんで、本当に綺麗《きれい》にしていない。親分さん

なら、江戸の隅々まで、汚いものを見事に洗い流してくれるでしょうなあ」

「言っている意味が分からねえ」

浜蔵が睨《にら》みつけながら、急須《きゅうす》から茶を注ぎ足したとき、お熊と一緒にスセリも二階座敷に入ってきて、最後に八剣が姿を現した。そして、丹波を上座に座らせた。

「いや、若い私が、こんな……」

恐縮する丹波に、光右衛門が諭すように、

「あなたは姫子島神社の神主さんなのだから、堂々としていて下さい」

と念を押してから、浜蔵に向かって、探索してきたことを話すように言った。

「――なんだか、吊《つる》し上げにあってるようだな……」

「そう感じるのは、日頃から、悪さをしてるからでしょう。ささ、『淡路屋』について色々と教えて下さい」

「見透かされてるのか、気持ち悪いな」

浜蔵は落ち着きなく、一同を見廻してから、

「ま、いいや……おまえさん方も、行方知れずになったまんまの静六さんのことを、案じてくれてんだからな」

と気を取り直して続けた。

「驚いたことに、いや、まだ大した根拠があるわけじゃねえんだが……『淡路屋』の主人、藤兵衛は、あの頃の新大橋の手抜き普請に関わっていた節があるんだ」

「手抜き普請……」

八剣の目がギラリと光った。

「ああ。静六さんがいなくなった後に、出来上がった橋だよ」

「てことは、今、架かってるやつかい」

「そういうこと……当時、普請を任されていた大工の棟梁《とうりょう》、弥平の弟子たちからも、小耳に挟んだんだが、『淡路屋』は安物の材木を使ったり、橋桁《はしげた》などの骨組みを減らしたり、人足の手間賃を削ったりして、金を浮かしたんだ」

「ふむ。そうして蓄財して、成り上がったというわけか」

「へえ……で、棟梁の弥平は、『大工として安普請はできねえ。人の命に関わることだから』って、『淡路屋』の藤兵衛さんに意見を具申したんです。そしたら……」

「喧嘩《けんか》になったか」

「ええ。そりゃもう人前で大喧嘩ですから、事情を知らない人には、ガタイのでかい弥平が、藤兵衛さんをいたぶってるようにしか見えない。だから、藤兵衛さんは上手《うま》い具合に、『大工たちの手間賃が安いから、上げろ』と脅されていると吹聴《ふいちょう》した」

「尚更《なおさら》、弥平は怒るな」

「そのとおりで。弥平は、それが許せず、普請奉行の田所《たどころ》陣内様に訴え出ようしたそうですが……辻斬《つじぎ》りに遭ったんです」

「なるほど……その辻斬りが怪しいと、静六が調べていた矢先に、女房子供ごと行方知れずになったが、夜逃げと片付けられた」

八剣が唸《うな》ると、丹波がおはぎのきな粉を拭《ぬぐ》いながら、

「ということは、辻斬りの浪人を探し出さなければなりませんが、静六さんにお金を預けたという北町与力の秋月様ってのも、きちんと調べなきゃいけませんね」

と言うと、スセリがどうして、そのことを知っているのかと聞き返した。

「おまえから聞いたんじゃないか」

「そうだっけ」

「やはり、みんなが疑っているように、弥平棟梁と静六親分については、きな臭いものがプンプンしますねえ」

「おっ。少しは、私たちと話が通じるようになったかな」

お熊がポンと丹波の肩を叩《たた》いて、一同に真剣なまなざしを向けながら、

「棟梁は殺され、それを調べていた静六さんまでが……となると、お喜美さんは、娘

夫婦と孫が、『淡路屋』の主人に、何かされたに違いないと疑うのも当然……」

「そうだな」

八剣たちは一様に頷《うなず》くと、お熊は、まるでお喜美の悔しさを代弁するように、

「藤兵衛は、人を不幸のどん底に陥れたくせに、自分たちは何食わぬ顔で、のうのうと暮らしている。人の子を殺した一方で、自分の子供は可愛いと育てている。それが憎らしかった……」

「殺したかどうかは、まだ分からぬがな」

「いいえ、八剣の旦那……辛《つら》いけど、私は生きていないと思う……」

お熊は憎々しげに目を細めて、

「だから、お喜美さんは……『淡路屋』の跡取り息子の信之助を、うまく店の者の目を盗んで連れ出し、しばらく縁日の出店などを見せながら歩いた。それから……わざと信之助の着物に水をこぼして、乾かすふりをして脱がせ、その間に〝迷子札〟を縫いつけたんです……そして、店まで連れ帰ろうとした」

「連れ帰ろうとした……?」

「ええ。『信吉』と書かれた〝迷子札〟を、藤兵衛に見せたいがためです……そこには、静六夫婦の名も記されてる。自分が誰かに殺させたり、かどわかさせたとしたら、

その名を見れば、きっと驚くでしょう」

「……」

「お喜美さんは、その藤兵衛の顔を見たかったんですよ」

「――それは、お喜美さんが話したのかい」

光右衛門が訊《き》くと、お熊は頷いて、

「ええ。後で分かったことですがね、信之助は野良猫を見かけて追いかけるうちに、本当に迷子になって……」

スセリが出会って助けたのだった。

「なるほどな……あの婆さん、さぞや辛かっただろうなあ……」

丹波は、大切な肉親を失ったお喜美に、心から同情する。同時に、その原因を作った、自分勝手なろくでなしたちに、ふつふつと怒りが湧くのを感じるのであった。

「実はね……」

と丹波は、懐から、一枚の絵馬を取り出した。雨風に晒《さら》されて、文字が読みづらいくらい古いものである。そこには、『祈願成就　弥平殺し下手人捕縛　神田静六』そう記されている。

「このとおり……前の神主は何をしてたのか……なんとか、してあげなきゃね」

「丹波さん……そろそろ、俺たちのことも話しておきますかね……もうお察しのとおり、みんな色々な神様の流れを汲《く》む者たちなんですよ。そして、この姫子島神社は代々、そういうろくでもない輩《やから》を禊祓《みそぎはらえ》してた」

「え……!?」

驚いたのは、浜蔵の方だった。その顔を見た八剣はニコリと笑って、

「おまえもだよ、浜蔵……みんな元を糾《ただ》せば、天照大御神の子供だと言ってもいい」

「そ、そんな、恐れ多い。ありえねえ。絶対に、ありえねえ」

「信じるかどうかは、おまえ次第だが、悪い奴を禊がなきゃならぬ。だが、罪を憎んで人を憎まず。生まれたときは、誰も穢《けが》れがないんだからよ」

「い、言ってる意味が分からねえ」

「ま。知らぬが仏って言葉もあるしね、般若《はんにゃ》の親分。でも、これからは私からピンハネしないで下さいな」

からかうようにいうスセリを、浜蔵は困惑しながら見ていた。

その店の表では——。

着流しの編み笠《がさ》姿の侍が、二階の窓を見上げていた。

六

芝神明の普請請負問屋『淡路屋』の店先は、出入りの商人や職人、大工、人足などで、ごった返していた。

大きな公儀普請を請け負うと同時に、旗本領の橋梁《きょうりょう》や護岸、さらには町々の大店《おおだな》や長屋の修繕も受けているから、口入屋のように常に人を案分しているのである。

番頭の嘉助は帳簿を手にして忙しそうにしていたが、奥から出てきた主人の藤兵衛は、険しい顔で手招きをした。中肉中背で神経質そうな目をしている。

嫌な予感がして、奥座敷に来た嘉助は、それが的中したと思った。藤兵衛は、瞬《まばた》きをバチバチと、しつこいくらいに繰り返している。これは不機嫌な証拠だった。

「旦那様《だんなさま》……何か商売上の粗相がありましたでしょうか」

「そうではない。これのことだ」

藤兵衛は、子供の着物から引きちぎった〝迷子札〟を見せた。

「おまえが信之助を連れて帰ってから、色々と調べていたのだ。嘉助……おまえも、妙だと思っていたであろう」

「はい、それは、あの岡っ引の……」

「シッ。めったなことを言うな」

釘《くぎ》を刺してから、藤兵衛は鋭い目を向けた。

「もう七年も前のことゆえな、町奉行所は疑《うたぐ》りもしておらぬが、この〝迷子札〟がまたぞろ、私の気分を害した」

「誰が一体……」

「姫子島神社のスセリという巫女《みこ》が、信之助を預かっていたそうだが、元はといえば、あの婆さんが仕組んだことのようだ」

「あの婆さん……？」

「おまえが今、口にしようとした岡っ引の女房の母親だ」

「では、『山城屋』の……」

「どこでどう調べたか知らんが、この私に鎌《かま》を掛けようとしたのだろうが、そうは問屋が卸さない。事と次第によっては、あの婆さんも消さねばなるまいな」

「だ、旦那様……そんな物騒な……私も少し驚きましたが、あの年ですから、ほっとけば死にますよ」

「そうはいかん。冥途《めいど》に行くからこそ、何もかもを喋《しゃべ》らんとも限らん」

「喋ったところで、誰も信じますまい」

「いや、それが……」

藤兵衛は声をひそめて、

「何やら、この店を探っている者がいるのだ。浜蔵という岡っ引しかり、信之助をたまたま預かった巫女しかり……坂下という南町同心は腑抜《ふぬ》けだから、どうにでもなるが、寺社役の八剣というのが、探索に加わっている」

「八剣……」

「私たちにはあまり縁がないがな、寺社役兼大検使といって、寺社地で起こった重い事件を調べる役人だ」

「寺社地なら、何も関わりがないのでは？」

「なぜ首を突っ込んできているのか、私も分からん。だが、動いているのは確かだ」

「心当たりでも……？」

「…………」

「ないのならば、やはり下手に触らぬ方が……」

嘉助がたしなめるように言ったとき、襖《ふすま》が開いて、侍が入ってきた。『伊呂波』の表にいた編み笠である。

「あ……秋月様……」

驚く嘉助に、藤兵衛は頷《うなず》きながら、

「北町奉行所与力の秋月計之進《けいのしん》様も色々と探ってみてくださったところ、姫子島神社の禰宜《ねぎ》や、日本橋『伊勢屋』の隠居も、うろついているようなのです」

「さよう。奴らの狙いが何かは分からぬが……あの一件を蒸し返されては、俺の立場もまずくなる」

「承知いたしておりますとも……ですから、弥平をバッサリとやったように、またぞろ秋月様にお願いをと思いまして」

藤兵衛は、三方《さんぼう》に載せた封印小判を四つ差し出した。

「百両では心許《こころもと》ないな……静六一家のことも、奴らは探っておるのだからな」

「もしや、探っている奴は、皆殺し……!?」

「俺は構わぬがな、あの御仁のことがバレれば、只《ただ》では済むまい」

「そうでしたな。では、始末した後に、さらに百両……」

「有り余ってるくせに、ケチくさいのう」

「月々の〝ご祝儀〟もお渡ししているのですから、ご勘弁下さいまし」

秋月は小判を鷲摑《わしづか》みにすると、そのまま立ち去った。

「――よいのでございますか、旦那様……私、なんだか怖くなってきました……」

小刻みに震える嘉助に、藤兵衛は厳しい口調で、

「おまえも余計なことは洩《も》らすんじゃないよ。分かってるね」

「ええ、そりゃもう……」

「これまで積み上げたものを、あんな婆《ばば》アたちに踏みにじられてなるものか」

藤兵衛の目は、欲の炎に燃えていた。


真っ昼間から、屋台酒をかっくらっていた坂下は、『淡路屋』の勝手口から出てきた秋月の姿に目を留めた。見過ごすところだったが、編み笠を被《かぶ》ろうとしたので、

――妙だな。

と感じて、思わず屋台から声をかけた。

「秋月様！　お暇だったら、ご一緒願えませんかねえ、秋月様！」

訝《いぶか》しげに振り返る秋月は、小脇に編み笠を抱え直して、誰だと睨《にら》みつけた。

銚子《ちょうし》を持ったまま立ち上がった坂下は、少しふらついた足取りで近づきながら、

「覚えてくれてませんか？　南町定町廻《じょうまちまわ》り同心の坂下……坂下善太郎でございまする」

「昼間から、酒臭いな」

「酒を飲んでるから当たり前です、ひっく。それに今日は非番でして、はい」

「……非番とて、〝いざ鎌倉〟という時には御用に出向かねばならぬ。よって、非番であっても、八丁堀の組屋敷にて侍《じ》しているべきであろう。南町は、大岡様という立派な奉行であるのに、何だこの体たらくは」

「その大岡様に、『淡路屋』を張れと命じられてたのです。でも、退屈で退屈で、ついやっちまって……」

　空になった銚子を振って、屋台の親父を振り返って、

「おい、親父。もう一本、いや二本、頼む。この与力様もご所望じゃ」

　と言う坂下を、秋月は睨みつけるように、

「……大岡様の命で、だと？」

「ええ。なんでも、七年前の新大橋の普請がどうたらこうたらと……ま、そっちの方は、俺たち下っ端には分かりませんがね、何でもいいから『淡路屋』で不審なことがないかと探れって」

「不審なこと……」

「ほら、秋月様もご存じのはず。岡っ引の静六の一件ですよ。あれは、北町が扱って

た事件で、たしか秋月様が預けた二十両を持ち逃げしてしまった」

「………」

「そんな昔のことを調べ直せったってねえ、何を何処から手をつけてよいか、知ったことないわいなっと……おお、親父、こっち、こっち」

坂下は親父と銚子を交換すると、台に置いてあった杯を秋月に差し出して、

「お近づきのしるしに、一杯、如何《いかが》でございましょう」

「昼酒はやらぬ」

「あ、そうなんですか。では、私は勝手にやらせていただきますよ……」

手酌でやりながら、坂下は話を続けた。

「ところで、秋月様……あなた様が、静六に預けた二十両の御用金って、一体、どういう金だったんです？　岡っ引如きに預けるにしちゃ、すこぶる大金だし、何の金だったのかなあって、今更ながら思いましてね」

「………」

「いや、私が思ったんじゃないんです。私が使っている岡っ引の浜蔵って奴が、不思議がってましてね……静六とは兄弟分ですから、行方も気になってるんですよ」

「――とにかく、昼間っから飲むな。組屋敷で大人しくしておれ」

厳しく命じるように言って立ち去ろうとしたが、坂下は食らいつくように、

「教えて下さいまし。何の金だったんです。浜蔵にそう言われたら、私も気になり始めましてね……あ、そうか……秋月様もしかして、この『淡路屋』を探ってましたか」

「どけい。俺には用向きがある」

押しやって行こうとすると、よろめいた坂下の酒が、秋月の着物に飛び散った。

「あ、これは、申し訳ありませんッ」

酔いが醒《さ》めたような声で、坂下は咄嗟《とっさ》に、手ぬぐいで拭《ふ》こうとした。すると、丁度、秋月の懐あたりに手が触れて、固い物に当たった。襟元からチラリと見えたのは、封印小判であった。

アッ——という目《の》になった坂下だが、なぜか見てはならぬものを見た気がして、思わず後ろに飛び退いた。

「秋月様……もしかして、それは……」

「袖《そで》の下だ。悪いか」

「あ、いえ……」

「おまえだって、あちこちで用心棒代と称して、銭金を取っておるそうではないか」

「やはり、覚えてくれたのですか」

「北町の坂下……じゃなく、袖下と噂されておるわ」

「恐縮です。でも、桁《けた》が違います」

秋月は小判を取り出して封印を切ると、二、三枚取り出して、坂下の袖に放り込んでやった。そして、背中を向けると、

「もっと欲しければ、いつでも訪ねて来い。その代わり、それなりの仕事をして貰《もら》うぞ。俺と付き合う覚悟があるならな」

底冷えのするような声でささやいて、秋月は立ち去った。

袖の中の小判の重みを感じながら、呆然《ぼうぜん》と見送っていると、何処から見ていたのか、浜蔵が駆け寄ってきた。

「旦那《だんな》……本気で飲んでたんですかい」

「え……ああ」

隠すように袖を廻している坂下に、浜蔵はキッパリと言った。

「それは突っ返した方が、旦那の身のためですぜ。手柄を立てるどころか、同心をやめなきゃならないかもしれやせんぜ」

「てめえ、脅すつもりか」

「助けたいんですよ」

いつもと違う浜蔵の様子に、坂下はブルッと身震いした。

七

その夜、お喜美がひとり暮らしをしている根津の寮に、怪しげな人影が三人、集まってきた。月明かりに浮かんだのは、いずれもならず者風の男たちで、手にはすでに抜き身にしている匕首《あいくち》が光っていた。

「ぬかるなよ」

「婆アひとりぐらいで、大袈裟《おおげさ》なんだよ」

などと呟《つぶや》きながら、男たちは音もなく板戸を開けて、屋敷の中に忍び込んだ。兄貴格の者が、そっと座敷に足を踏み入れた途端、

「アタタ！　イテテ！」

と大声を上げて、庭に転げ出た。

差し込む月明かりが照らしたのは、廊下や座敷一面に置かれた撒《ま》き菱《びし》だった。

「なんだ、こりゃ……あのクソ婆《ばばあ》ッ……こうなりゃ、ひと思いにッ」

と別の方へ行こうとすると、今度は張られていた糸に足が触れて、

――ガラン、ガラン！

と、あちこちで大きな鳴子《なるこ》の音がした。

途端、「御用だ」「御用だ」という声とともに、塀の外に御用提灯《ちょうちん》が掲げられた。三人の男たちは凝然となって、必死に来た道を戻って寮から飛び出し、鬱蒼《うっそう》と茂った根津神社の方へ駆け出した。

しばらくして、辺りが静かになると奥座敷から、お喜美が姿を現して、振り返ると、そこにはお熊がいて、

「本当でしたね。禰宜《ねぎ》さんがおっしゃったとおり、誰かが私を襲ってきましたね」

「でしょ？　だから、こんなカラクリを作っておいて、よかったでしょ」

と、鳴子の糸をピンと引っ張ってみた。ガラガラと音が鳴って、御用提灯がまた浮かび上がった。

「町内の町火消しの鳶《とび》を雇って、張り込んでたんだ。もう、大丈夫。あいつらを追っかけてるはずだから、何処の誰か突き止めれば、雇った奴が分かりますよ」

「……怖い、怖い」

お喜美は身を震わせて、暗い顔になった。

「もう大丈夫よ。でも、お喜美さん……後は私たちに任せて、絶対に危ない真似はしないで下さいね」

「危ない真似……?」

「ええ、『淡路屋』はとても恐ろしい人間。その裏にも、とんでもない奴らがいるようなのよ。八剣が必ず退治してくれるから、決して、仇討《あだう》ちなんてことは考えないでね」

「でも……」

「約束して下さいな。もしかしたら、静六さん夫婦は帰って来るかもしれないし」

「いえ、慰めはいいんです。殺されたってことは、承知してます」

「ええ!?」

「——その頃……静六さんとおかねがいなくなった頃から、諦《あきら》めてますから」

しょんぼりとなったお喜美に、お熊は改めて問いかけた。

「だったら、お喜美さん……あなたは、どうして、孫娘のみっちゃんを、〝十種の神宝〟で生き返らせてくれって、願掛けしたんですか。静六さんやおかねさん、信吉ちゃんじゃなくて、みっちゃんと」

「みっちゃん……おみつは、まだ生まればかりの赤ん坊だったんです」

「え？　娘さん夫婦には、もうひとりいたんですか」

「ええ。静六さんたちには、突然、何か異変が起こったんでしょう……子供たちは、とっさに床下に隠して、自分たち夫婦だけ捕まろうとした……けれど、信吉は泣いてしまって見つかったけれど、おみつの方は眠っていたから、助かったんです」

　お喜美は、まるでその場を見ていたかのように話した。

「その頃から、怪しげな人がうろついてましたからね、うちの手代たちにも手伝って貰って、用心に用心を重ねてたんです……でも、敵はもっと凄《すご》かったってことです」

「で、みっちゃんは……」

「床下に隠したはずなのに、いなくなってた……何処をどう捜してもいない……やはり、賊に見つかって連れて行かれたか、殺されたのかもしれない……そう思ったんです。でも、何処にもいなくて……せめて、みっちゃんだけでも残してくれていれば、私も少しは……いえ……いけませんね。この期に及んで、私は自分のことばかり考えている……」

　さめざめと泣き崩れるお喜美を、お熊は改めて、可哀想にと同情した。

　その夜、逃げたならず者たちが辿《たど》り着いた先は、八丁堀の秋月の屋敷であった。

お喜美の屋敷から、手代たちと一緒に追いかけてきていたスセリは、

「やっぱりね」

と納得したように頷《うなず》いた。

だが、そこで問い詰めることはしなかった。白を切られたら終わりである。

光右衛門の〝指令〟では、秋月も泳がせるということである。もちろん、そのことは、浜蔵も承知しており、秋月の裏にはまだ誰かいると睨《にら》んでいた。

翌朝、早く――。

秋月は屋敷を後にすると、北町奉行所にはいかず、番町《ばんちょう》のある武家屋敷を訪ねた。

旗本の屋敷ながら長屋門で、三千石の身分はあろうかと思われた。表札が出ているわけではないが、何処の誰かということは絵図面を出すまでもなく分かる。そのくぐり門に、秋月は消えたのだ。

「――ここは……」

普請奉行・田所陣内の屋敷に間違いない。

本来ならば、もう少し格下の旗本がなるべき職だが、公儀普請は金を出す勘定奉行との関わりが深いから、信頼の厚い旗本がなることが多かった。ゆえに、三河譜代の旗本である田所家が選ばれていた。

幾つかの奉行職を重ねれば、町奉行や勘定奉行、大名職でもある寺社奉行、あるいは二年務めれば一生分の蓄財ができると言われる長崎奉行などを望むが、田所は地味で身分も高くない普請奉行を、長年務めていた。

誠実で品行方正との噂も高い田所だったが、『淡路屋』の用心棒代わりをしている秋月と、深く繫《つな》がっているのであれば、これは一大事であろうと、浜蔵は考えた。

「やろうッ」

思わず踏み込もうとした浜蔵の肩を、ぐいっと押さえる手があった。

「――八剣さん……！」

鋭い目で表門を見上げていた八剣は、歯ぎしりをしながら、

「俺もおまえの話から、公儀普請のことを色々調べてたら、四人の普請奉行のうち、田所が怪しいとしか思えなくなったのだ」

「やはり……」

「なるほどな。『淡路屋』と一緒になって手抜きの普請をしていたのは、普請奉行様ご当人だったか……『淡路屋』は、材木や石材などの搬入から、職人の手当など一切を任されていたから、公儀からの資金を巧みに調節し、不法に私腹を肥やし、田所に見返りを渡していたっていう、お決まりのカラクリか」

八剣が唸《うな》ると、浜蔵もこくりと頷いて、

「へえ……静六親分の一家がいなくなってから、公儀の改修普請は、『淡路屋』がほとんど落札し、まさに繁盛を極めてやす……落札の裏には、当然、普請奉行が絡んでいるだろうし、もしかしたら、前にもあったように幕閣が関わっているやもしれやせんぜ」

「どうであれ、証拠を挙げねば、奴らも、はいそうですかと従うまい。勝手な思いつきで物を言うなというのが、奴らの決まり文句だ。そのくせ、本当のことは何かと訊《き》けば、さあ知らぬ、だからな」

八剣は、寺社奉行を動かして、さらに裏を調べてみることを決意した。

だが、その一方で——。

お喜美は、自分が何者かに狙われたことから、娘たちが殺されたと確信し、なんとしても仇討ちをしようと、ひとり心に誓っていた。そんなお喜美の気持ちをくみながらも、お熊は、引き止めようとしていた。

「大岡様に訴え出ましょう。必ずや、良いように計らってくれますでしょう」

「いいえ……これまでも、何度も何度も……けれど、動いてくれなかった」

「それは、北町奉行所でしょ？」

「どっちでも同じです……お上《かみ》は、もう信じられません……」

と不信感を募らせていた。幾ら、訴えても、弥平殺害の一件、そして静六一家の事も、「それ以上の探索の必要なし」と退けられていたからである。

それよりも、自らが藤兵衛に問いかけることに、賭《か》けてみたかった。

お喜美は、お熊とスセリに伴われて、直に『淡路屋』を訪ね、藤兵衛に詰め寄った。真っ向から、真実を話して欲しいと訴えたのだ。むろん、淡路屋は知らぬ存ぜぬを押し通すことは、承知していた。案の定、

「あんたの娘夫婦や孫が何処でどうしてるかなんて、私には関わりのないことですよ。そもそも、誰だね、その静六ってのは」

と無下に、追い返されそうになった。

しかし、お喜美は実は、たったひとつだけ有力な証拠を持っていた。それは、

『淡路屋に殺されるかもしれない。俺は御用だから覚悟はあるが、妻子や義母には累が及ばぬように』

という願掛け札だ。姫子島神社の札場に下がっていたのを、当時、見つけて取っていたのだった。奉行に見せれば奪われると思って、密《ひそ》かに持っていたのである。

お喜美はどこかで、孫の信吉と同じくらいの歳になった藤兵衛の息子、信之助の姿

を見たのだろう。そこで、迷子札を使って藤兵衛に鎌をかける方法を思いついた。昔の事件をもう一度調べさせるために南町奉行所に投げ文をし、さらに願いを叶えてくれるという噂の姫子島神社に願うことで、神社にも探索をしてもらおうと考えたのだ。

――それで、姫子島神社に来て、孫を生き返らせて欲しいと訴えたのか。

と、スセリは改めて思った。

藤兵衛と押し問答をするお喜美には、切羽詰まったものがあり、お熊やスセリも猛烈に攻め込んだ。困惑して声を失った藤兵衛だが、惚《とぼ》け通せる自信はあった。

そこへ――幼い信之助が入って来た。

「おばちゃんのバカ……バカ、バカ！」

スセリに近づいて、小さな手でポンポンと叩《たた》き始めた。

「――おば……私、まだおばちゃんじゃないけど」

そう言いながらも、スセリはしっかりと信之助を抱きしめた。その幼気《いたいけ》な信之助の姿を見て、お熊は蓮《はす》っ葉《ぱ》に片膝《かたひざ》ついて、

「ちょいと、『淡路屋』さんよ。あんたみたいな悪党でも、子供は必死に庇《かば》ってる……このお喜美さんには、もう、庇ってくれる子供も孫もいないんだよ。その子のような可愛い孫を……よう！　あんたは殺したンだ！　さあ！　どうなんだい！」

激しく迫られた藤兵衛は、一瞬ギクリとなって、声が詰まった。だが、

「知らん……何の話だ、バカバカしい……帰りなさいッ。か、帰れ！」

藤兵衛は立ち上がって、信之助の手を引いて、廊下に控えている番頭に、

「さあ！　帰って貰《もら》いなさい！」

怒鳴りつけて、奥へ引っ込むのであった。

嘉助はしばらく黙ったまま、座っていたが、申し訳なさそうに俯《うつむ》いて、

「——私から、別の話があります」

「え……」

お熊とスセリが見やると、

「実は……あのとき、床下にいた赤ん坊は……主人も知らぬことですが、私の……私の親戚《しんせき》の者の子として、育てています……」

「!?——なんですって」

声を上げようとしたお喜美に土下座をして、嘉助は声を殺して必死に言った。

「孫娘さんは、お返しします……ですから……ですから、主人のことは、この店のことは、どうか、どうか、ご内聞に……手を掛けたのは、主人でも私でもありません……それが誰かと話せば、私たちも殺されます……もちろん、あの信之助ちゃんもです

……ですから、どうか、どうか……！」

床に頭を擦《こす》りつけて泣き出す嘉助を、三人の女は愕然《がくぜん》と見やっていた。しかし、おみつが生きていたのなら、また会えるのならばと、お喜美の心に、一条《ひとすじ》の光が射し込んだ。

八

その夜——普請奉行の田所陣内の屋敷で、秋月共々、藤兵衛が寄り合っていた。行灯《あんどん》明かりは暗く、藤兵衛は恐々として、背中が丸くなっていた。

「嘉助がそのようなことを話したのなら、もはやバラしたも同じではないか」

田所は憤懣《ふんまん》やるかたない顔で、

「忘れたのかッ。おまえを大商人《おおあきんど》にしてやったのは、この儂《わし》だ。いい目をさせてやったのに、なんだ、この様《ざま》は」

「………」

「まだ店を出したばかりのおまえは、なかなかの切れ者、忠実な奴と目をかけてやって、御用商人にまでしてやったのだ。それが、これか……なんたる！」

「いえ……でも、まさか、それが手抜き普請をすることだとは思ってもみませんでした。私は、ただ……」

「バカか、おまえは。それに今更なんだ。長年、甘い汁を吸っていたくせに、私は知らないってそのツラはなんだッ……」

「けれど、私は何度も言いました。素人は騙《だま》せても、普請場の大工たちは騙せない。特に棟梁《とうりょう》の弥平は、ありゃ相当の目利きだから、私は……何度も何度も改善を迫られた……でも、私の一存では出来ることではありません。あなたとの板挟みで、どれほど苦しんだか」

「泣き言はいい」

「田所様……」

「弥平は、事を公にすると居直ったから、この秋月が辻斬《つじぎ》りを装って葬ったまでだ」

その事に、岡っ引の静六が感づいた。手抜きだけではなく殺しまで公にされたら、もはや身の破滅である。藤兵衛は、普請奉行の田所に相談したが、またぞろ殺したのでは足がつきやすい。そこで、ならず者に一家をかどわかさせ、遠い場所で殺させたのである。

「だけど、私が手をかけたわけじゃない。それは、あなた方、お侍が……！」

と藤兵衛は言った。鬼のような藤兵衛でも、幼気な我が子の姿を思い出したのか、一切合切を白日の下に晒《さら》す決心がついたと、目の前のふたりに訴えた。

だが、田所は鼻で笑って、

「私を裏切ると、それこそ、おまえの可愛い息子は路頭に迷い、咎人《とがにん》の息子として、一生、日陰で生きていかねばならぬ。おまえと俺とはもはや、切っても切れぬ仲なのだ。息子は咎人の子……それでも、よいのか」

「…………」

「可愛い息子だからこそ、有り余る身代と公儀御用商人という大看板を、継がせてやりたいとは思わぬのか、ええ？　あんな婆《ばば》アのひとりやふたりに情けをかけて、一生を棒に振ることはあるまい」

田所は、激しく藤兵衛に迫った。

「私は、ど……どうすれば……私は……」

「もう何もすることはない」

「え……」

「後は、こっちに任せて、おまえは素知らぬ顔で、これまでどおりに商いをやれ……嘉助も、他の奴らと一緒にこっちで始末する」

「そんな……番頭は何の罪もありません」

「余計な芽は摘んでおいた方がよい。迷っているときではないぞ、藤兵衛」

もはや何も言い返すことができない藤兵衛は、息子のためにも、一蓮托生《いちれんたくしょう》を覚悟するしかなかった。

数日後――。

夏越《なごし》の大祓《おおはらえ》が行われている姫子島神社の境内では、〝茅《ち》の輪〟を決まり通りに潜る善男善女で賑《にぎ》わっていた。

「水無月《みなつき》の夏越の大祓をする人は、千歳《ちとせ》の命延ぶというなり」

このような古歌を口ずさみながら、輪をくぐる子供たちの姿もあった。いかにも、江戸のど真ん中らしい風情である。その中に、藤兵衛の姿があった。

白小袖《こそで》に緋袴《ひばかま》のスセリが、参拝客に向かって、榊《さかき》につけた霊水を撒《ま》き散らしていたが、藤兵衛を見かけるや、さりげなく歩み寄って、

「やっと心を入れ替える気になりましたか」

「え、ええ……」

「では、〝茅の輪〟を潜って右に廻《まわ》って、また潜り左に廻り、そして八の字を描くように通り抜けて拝殿に向かって下さい」

スセリに言われたとおりにした藤兵衛は、拝殿の前で賽銭《さいせん》を入れてから、きちんと二礼二拍手一礼をした。参拝を終えてから、

「――お喜美さんは、何処にいるか、ご存じですかな」

と藤兵衛は尋ねた。

「ようやく、謝る気になりましたか」

「ええ……そういうことです」

「では、こちらへどうぞ」

霊水を振りまくのは他の巫女《みこ》に任せて、スセリは藤兵衛と一緒に拝殿の横から奥へ向かい、本殿に案内した。

神明造りの本殿の中は、がらんとしていて、特に身舎《もや》と呼ばれる空間は、神様が降りてくる神聖な所である。神主といえども、中に入ることは、めったにない。だが、神が降りてきていないときには、神主が祭壇の前の内陣まで入って、祝詞《のりと》を捧《ささ》げることもある。

祝詞とは神様に願いを伝える言葉のことだが、まずは降りてきて貰《もら》わねばならない。

そこには、狩衣《かりぎぬ》姿の丹波が座って、瞑想《めいそう》をしているようだった。

「どうぞ、お入り下さい」

藤兵衛の背中を、スセリが軽く押しやった。

「え……私がですか」

「そうです。神様に禊祓《みそぎはらえ》をして貰うのです」

スセリに誘われるように、藤兵衛は恐縮しながら履き物を脱いで入った。すぐに、スセリが背後で扉を閉めて、出て行った。

丹波とふたりきりになった藤兵衛は、緊張からか、俄《にわか》に全身に汗が噴き出した。

「疚《やま》しい心があれば、この場に座ると、いたたまれなくなります。ですが、神聖な所に来ても、何も感じない人もいます」

「…………」

「実は、ゆうべ、普請奉行の田所陣内様においでいただき、倭姫命とお話しして頂こうと思ったのですが、この場に入っても、一切、本当のことを言おうとはしませんでした」

「！……」

「それどころか、脇差《わきざし》を抜き払って、『神様がいるなら、さあここへ降ろせ。この儂が斬ってみせよう』と罰当たりなことを言っておりました。なので、今朝方は具合が悪くなり、登城を控えたそうです」

「………」

「ここは、陣内ならぬ、内陣と言いましてね、神様と対話をする所なんです。神職にないものは、外陣までしか入れないのですが、今日は特別です。あなたの心の中にいる神が出てくるかもしれませんから」

「心の中の神……」

「ええ。人は常に神様に見られている。だから、誰にでも神の心が、鏡のように映っているんです。良いことをすれば神が宿る。草花や人が作った物にだって神様はいるのですからね」

穏やかな声で話す丹波に、藤兵衛は背を向けたくなった。

「神様にすべてを正直に話せば、あなたの穢《けが》れはなくなり、罪も消えます。しかし、嘘をついたとしても、仏道とは違って、地獄はありませんから、安心して下さいね。閻魔《えんま》様のように舌を抜いたりもしませんから」

いたたまれなくなった藤兵衛は思わず、自ら声を発した。

「――あの私は……お喜美さんに会って、詫《わ》びたいと思ったのです」

「違うでしょ？　巧みにお喜美さんを誘い出して、北町の秋月さんに斬らせる」

「えっ……！」

凝然となった藤兵衛を目の当たりにしても、丹波は別に驚きもせず、

「当たり前のことですが、神様はお見通しですよ。たしかに、あなたは手を掛けなかったかもしれませんが、悪いことに荷担したことは事実です。でも、心の奥では、してはいけないと思いつつ罪を犯してしまった」

「…………」

「人は弱いものですから、つい低きに流れてしまいます。私だってそうです。でも、心の中の神と話してみると、必ず天の神も答えてくれます……本当はどうすればよいのか。どうするべきなのか、と」

藤兵衛はしばらく俯《うつむ》いていた。だが、まだ迷いがあるのか、懺悔《ざんげ》をして話すことはできそうになかった。だが、その揺れている心を、丹波はよく感じていた。

「法は人を裁きますが、神は何も裁きません。禊ぎをして、心身を清浄にするだけです。ですから、正直に言おうが言うまいが、自分だけが本当のことを知っているように、神様も知っているんですよ」

「…………」

「うちの神社も、〝神宮大麻《じんぐうたいま》〟を頂いています。天照人御神をお祀《まつ》りしている伊勢神宮から配られるお札です。私たちは、〝お祓いさん〟と呼んでますが、八百万《やおよろず》の神々

の総元締めみたいな天照大御神に、守られているのですから、安心して下さい。あなたを暗黒の底に突き落とすようなことは、決してしませんから」

そこまで話すと、丹波はゆっくり立ち上がり、

「後は、あなたがひとりで、神と話してみて下さい。私は禰宜《ねぎ》ですから、神と人の間に立って言葉を伝えるのが仕事ですが、あなたなら、自分でもできると思いますよ」

「あ、いえ、私は……」

「では、じっくりと、どうぞ……」

と立ち去りかけて、丹波はあっと足を止めて振り返り、

「お喜美さんね、この神社に願掛けをしたとおり、孫娘と会えましたよ」

「え……」

「でも、神の力でも〝十種の神宝〟の霊力でもありません……嘉助さんが、あなたにも内緒で、助けていたんです」

「………」

「ええ。甲州《こうしゅう》の親戚《しんせき》に預けていたとか。生きていればこそ、会えたのです。『山城屋』の子として育てようとも考えたようですが、今更、本当のことを聞いても悲しむだけ。もう七つになって、名前も違ってますしね。だから、これからは大叔母《おおば》様とい

うことで、時々、会って、暮らしに困ったら『山城屋』が援助するそうです」

「…………」

「責めるわけではありませんが、あなた方が悪さをしたことで、人の命が奪われ、運命《さだめ》を変えられたのです。どうか、じっくりと考えて、禊祓を受けて下さいね」

軽く一礼すると、丹波は本殿から出ていった。

その途端、背後から、藤兵衛の嗚咽《おえつ》する声が聞こえてきた。

「…………」

微笑んで頷《うなず》いた丹波が、境内に戻ろうとすると、光右衛門を中心に、八剣とスセリ、お熊、それから浜蔵が待っていた。いずれも、安堵《あんど》したように優しい顔になっている。

「藤兵衛がすべてを話せば、後は大岡様がまたぞろ名裁きをしてくれるだろう」

八剣がそう言うと、光右衛門も頷いて、

「これで、田所や秋月たちもおしまいだな。それにしても、禰宜さん。あなたも名裁きをしました」

「いえ、みんなが普請奉行の屋敷に忍び込んだり、『淡路屋』のことを内偵して、色々なことを調べてくれたお陰です」

殊勝に言う丹波の背中を、スセリは気軽に叩《たた》いて、

「〝かもねぎ〟も少しは修行になったかな」

と言うと、お熊までが、

「だね。今日は夏越の大祓《おおはらえ》のお祝いに、それこそ鴨料理でも奢《おご》って貰いましょうかね、光右衛門さんに」

そう言って笑ったとき、

「アッ！　財布を掏《す》りやがった、あいつ！」

と浜蔵が叫んで、一目散に参拝客で溢《あふ》れる人混みに向かって駆け出した。

「おやおや。神聖な所で罰当たりなことをする奴がいるもんですねえ」

光右衛門が困ったように苦笑すると、すぐさま丹波は、

「では、私たちが禊《みそ》いであげましょう」

と言った。

参拝客の間を縫うように走っていく浜蔵の姿も、キラキラと燦《きら》めく陽光に照らされている。善男善女は驚きながらも、掏摸《すり》退治に手を貸しているようだ。

眩《まぶ》しい空を見上げて、ああっと背伸びをした丹波は、

——伊勢は恋しいが、江戸も悪くないな。

と心の中で、呟《つぶや》いていた。

夏らしい入道雲が湧き上がる。その遥《はる》か上には、世の中の隅々まで照らす、天照大御神が輝いているように見えた。

本書は書き下ろしです。

かもねぎ神主《かんぬし》 禊《みそ》ぎ帳《ちょう》

井《い》川《かわ》香《こう》四《し》郎《ろう》

平成26年 11月25日 初版発行

発行者●堀内大示

発行所●株式会社KADOKAWA
〒102-8177 東京都千代田区富士見2-13-3
電話 03-3238-8521（営業）
http://www.kadokawa.co.jp/

編集●角川書店
〒102-8078 東京都千代田区富士見1-8-19
電話 03-3238-8555（編集部）

角川文庫 18858

印刷所●株式会社暁印刷 製本所●株式会社ビルディング・ブックセンター

表紙画●和田三造

ISBN978-4-04-101447-9 C0193

角川文庫発刊に際して

角　川　源　義

第二次世界大戦の敗北は、軍事力の敗北であった以上に、私たちの若い文化力の敗退であった。私たちの文化が戦争に対して如何に無力であり、単なるあだ花に過ぎなかったかを、私たちは身を以て体験し痛感した。西洋近代文化の摂取にとって、明治以後八十年の歳月は決して短かすぎたとは言えない。にもかかわらず、近代文化の伝統を確立し、自由な批判と柔軟な良識に富む文化層として自らを形成することに私たちは失敗して来た。そしてこれは、各層への文化の普及滲透を任務とする出版人の責任でもあった。

一九四五年以来、私たちは再び振出しに戻り、第一歩から踏み出すことを余儀なくされた。これは大きな不幸ではあるが、反面、これまでの混沌・未熟・歪曲の中にあった我が国の文化に秩序と確たる基礎を齎らすためには絶好の機会でもある。角川書店は、このような祖国の文化的危機にあたり、微力をも顧みず再建の礎石たるべき抱負と決意とをもって出発したが、ここに創立以来の念願を果すべく角川文庫を発刊する。これまで刊行されたあらゆる全集叢書文庫類の長所と短所とを検討し、古今東西の不朽の典籍を、良心的編集のもとに、廉価に、そして書架にふさわしい美本として、多くのひとびとに提供しようとする。しかし私たちは徒らに百科全書的な知識のジレッタントを作ることを目的とせず、あくまで祖国の文化に秩序と再建への道を示し、この文庫を角川書店の栄ある事業として、今後永久に継続発展せしめ、学芸と教養との殿堂として大成せんことを期したい。多くの読書子の愛情ある忠言と支持とによって、この希望と抱負とを完遂せしめられんことを願う。

一九四九年五月三日

角川文庫ベストセラー

切開
表御番医師診療禄1
上田秀人

表御番医師として江戸城下で診療を務める矢切良衛。ある日、大老堀田筑前守正俊が若年寄に殺傷される事件が起こり、不審を抱いた良衛は、大目付の松平対馬守と共に解決に乗り出すが……。

縫合
表御番医師診療禄2
上田秀人

表御番医師の矢切良衛は、大老堀田筑前守正俊が斬殺された事件に不審を抱き、真相解明に乗り出すも何者かに襲われてしまう。やがて事件の裏に隠された陰謀が明らかになり……。時代小説シリーズ第二弾！

解毒
表御番医師診療禄3
上田秀人

五代将軍綱吉の膳に毒を盛られるも、未遂に終わる。表御番医師の矢切良衛は事件解決に乗り出すが、それを阻むべく良衛は何者かに襲われてしまう……。書き下ろし時代小説シリーズ、第三弾！

酔眼の剣
酔いどれて候
稲葉稔

曾路里新兵衛は三度の飯より酒が好き。普段はだらしないこの男、実は酔うと冴え渡る「酔眼の剣」の遣い手だった！　金が底をついた新兵衛は、金策のため岡っ引き・伝七の辻斬り探索を手伝うが……。

凄腕の男
酔いどれて候2
稲葉稔

浪人・曾路里新兵衛は、ある日岡っ引きの伝七に呼び出される。暴れている女やくざを何とかしてほしいというのだ。女から事情を聞いた新兵衛は……秘剣「酔眼の剣」を遣い悪を討つ、大人気シリーズ第2弾！

角川文庫ベストセラー

風塵の剣 (一)
稲葉稔

天明の大飢饉で傾く藩財政立て直しを図る父が、藩主の怒りを買い暗殺された。幼き彦蔵も追われながら、藩への復讐を誓う。そして人々の助けを借り、苦難や挫折を乗り越えながら江戸へ赴く――。書き下ろし！

風塵の剣 (二)
稲葉稔

藩への復讐心を抱きながら、剣術道場・凌宥館の副師範代となった彦蔵。絵で身を立てられぬかとの考えも頭をよぎるが、そんな折、その剣の腕とまっすぐな性格を見込まれ、さる人物から密命を受けることに――。

京嵐寺平太郎
もののけ侍伝々
佐々木裕一

江戸で相次ぐ怪事件。広島藩の京嵐寺平太郎は、幕府の命を受け解決に乗り出す羽目に。だが事件の裏には、幕府に怨念を抱く僧の影が……三つ目入道ら仲間の妖怪と立ち向かう、妖怪痛快時代小説、第1弾！

蜘蛛女
もののけ侍伝々2
佐々木裕一

将軍家重側近の屋敷に巨大な蜘蛛の妖怪が忍び込む怪事件が発生。京嵐寺平太郎は、天下無敵の妖刀茶丸、三つ目入道、白孤のおきんらと解決に乗り出すが背後には幕府滅亡を企む怪僧の影が……シリーズ第2弾！

たたり岩
もののけ侍伝々3
佐々木裕一

「貴様の里を焼き払ろうてくれる」そう言い残し消えた巌道。故郷の心配をしつつ、次々に舞い込む化け物退治の依頼を、妖怪仲間と共に解決するが、ついに故郷から一大事を知らせる手紙が……どうする平太郎！

角川文庫ベストセラー

髪ゆい猫字屋繁盛記
忘れ扇
今井絵美子

髪ゆい猫字屋繁盛記
寒紅梅
今井絵美子

雁渡り
照降町自身番書役日誌
今井絵美子

妻は、くノ一 全十巻
風野真知雄

姫は、三十一
風野真知雄

日本橋北内神田の照降町の髪結床猫字屋。そこには仕舞た屋の住人や裏店に住む町人たちが日々集う。江戸の長屋に息づく情を、事件やサスペンスも交え情感豊かにうたいあげる書き下ろし時代文庫新シリーズ！

恋する女に唆されて親分を手にかけ島送りになった黒岩のサブが、江戸に舞い戻ってきた——!? 喜びも哀しみもその身に引き受けて暮らす市井の人々のありようを描く大好評人情時代小説シリーズ、第二弾！

日本橋は照降町で自身番書役を務める喜三次が、理由あって武家を捨て町人として生きることを心に決めてから3年。市井に生きる庶民の人情や機微、暮らし向きを端正な筆致で描く、胸にしみる人情時代小説！

平戸藩の御船手方書物天文係の雙星彦馬は藩きっての変わり者。その彼のもとに清楚な美人、織江が嫁に来た!? だが織江はすぐに失踪。彦馬は妻を探しに江戸へ向かう。実は織江は、凄腕のくノ一だったのだ！

平戸藩の江戸屋敷に住む清湖姫は、微妙なお年頃のお姫様。市井に出歩き町角で起こる不思議な出来事を調べるのが好き。この年になって急に、素敵な男性が次々と現れて……恋に事件に、花のお江戸を駆け巡る！

角川文庫ベストセラー

あっぱれ毬谷慎十郎　坂岡　真

慎十郎は、まだ若いながら剣の使い手でめっぽう強い。しかも豪快で奔放、束縛されることが大嫌い。そのため父に勘当され、播州を飛び出し江戸にやってきた。そんな彼に、時の老中・脇坂安董が目をつけて!?

あっぱれ毬谷慎十郎2
命に代えても　坂岡　真

丹波一徹とその孫娘・咲の道場に居候中の、若き豪腕侍・慎十郎。真っ正直で型破りな慎十郎は、西ノ丸の大奥を取りしきる老女霧島と、伽羅の香をめぐる陰謀にかかわることに……!?

あっぱれ毬谷慎十郎3
獅子身中の虫　坂岡　真

老中・脇坂は、仙台藩で抜け荷を巡る不正があるらしいこと、それを探っていた間者が薩摩の刺客に惨殺されたことを知らされる。一方、慎十郎はその頃、無宿人狩りに巻き込まれ人足寄場に送られていた。

とんずら屋請負帖　田牧大和

「弥吉」を名乗り、男姿で船頭として働く弥生。船宿の松波屋一門として人目を忍んだ逃避行「とんずら」を手助けするが、もっとも見つかってはならないのは、実は弥生自身だった——。

とんずら屋請負帖
仇討　田牧大和

船宿『松波屋』に新顔がやってきた。船頭の弥生が女であること、裏稼業が「とんずら屋」であることは、絶対に明かしてはならない。いっぽう「長逗留の上客」丈之進は、助太刀せねばならない仇討に頭を悩ませて。